Anfangsverdacht

Krimi-Kurzgeschichten aus dem Bayerischen Wald

Der Autor

Gerhard Hutterer begann Mitte der 1990er Jahre damit, seine persönlichen Gedanken in Kurzgeschichten zu fassen.
Inspiriert durch seinen Beruf als Bundeswehroffizier handelte es sich dabei zunächst um spannende Agentengeschichten.

2008 erschien im Verlag Books on Demand GmbH (BoD), Norderstedt, zunächst sein Fachbuch „Im Dialog – Die Beurteilung von Soldaten", mit dem er sich in seiner Verwendung als Dozent im Personalmanagement der Bundeswehr einen ersten Namen als Fachbuchautor machte.

Ebenfalls 2008 gab er dann unter dem Pseudonym **Henry Gerhard** sein Debüt als Romanautor.

Bisher sind bei BoD von ihm erschienen:

© 2008 „Schüsse an der Heimatfront" (Politthriller)
 ISBN 978-3-8370-4413-3
© 2009 „Zusatzzahl dreizehn" (Kriminalroman)
 ISBN 978-3-8370-2045-8
© 2010 „Tabula rasa" (Kriminalroman)
 ISBN 978-3-8370-2470-8
© 2011 „Keine Tapas an der Jagst" (Kriminalroman)
 ISBN: 978-3-8423-6318-2
© 2013 „Der Tod im Wald" (Kriminalroman)
 ISBN: 978-3-8482-6732-3
© 2013 „Mord im Hasenlager" (Kriminalroman)
 ISBN: 978-3-7322-8358-3

Gerhard Hutterer

Anfangsverdacht

Krimi-Kurzgeschichten aus dem Bayerischen Wald

Vorbemerkung

Die Charaktere und die Handlungen in diesen Krimi-Kurzgeschichten sind frei erfunden. Ähnlichkeiten mit real existierenden Personen sind rein zufällig und vom Autor nicht beabsichtigt.

Bibliografische Information der Deutschen Nationalbibliothek:
Die Deutsche Nationalbibliothek verzeichnet diese
Publikation in der Deutschen Nationalbibliografie; de-
taillierte bibliografische Daten sind im Internet über
http:\\dnb.dnb.de abrufbar.

Herstellung und Verlag: BoD - Books on Demand,
Norderstedt

ISBN: 978-3-750404212

Vorwort

Anno 2013 erfolgte der Startschuss für den Ralf-Bender-Krimipreis. Namensgeber des Preises ist der ermittelnde Hauptkommissar Ralf Bender, der in den Bayerwald-Thrillern „Raphael", Gabriel", „Michael" und „Uriel" auf Mörderjagd geht. Dessen Erfinder, Alexander Frimberger und Lothar Wandtner, haben den Preis, der jeweils in „ungeraden" Jahren ausgelobt wird, unter anderem mit dem Ziel ins Leben gerufen, den Bayerischen Wald als Krimi-Region zu promoten.

Gesucht werden dabei Krimi-Kurzgeschichten mit viel Lokalkolorit. Die einzige Vorgabe lautet daher: Alle Kurzgeschichten müssen zwingend im Bayerischen Wald spielen, d. h., die „Tatorte" der Krimis müssen in einem der folgenden Landkreise Passau, Freyung-Grafenau, Regen, Cham, Deggendorf oder Straubing-Bogen angesiedelt sein.

Der Anreiz mitzumachen ist groß, handelt es sich doch um den höchstdotierten Wettbewerb für Krimi-Kurzgeschichten im deutschsprachigen Raum. Dem Sieger winkt ein Glaspokal (Wanderpokal) sowie 1500 Euro in bar. Weitere Preise (je 150 Euro) gibt es für den spektakulärsten (fantasievollsten) Mord, die interessanteste Figur und den witzigsten Einfall.

Die Entscheidung darüber, wer gewonnen hat, obliegt einer Jury, bestehend aus Persönlichkeiten aus den Bereichen Kultur, Wirtschaft und Politik.

Die besten Kurzgeschichten eines Jahrgangs werden in einer Anthologie veröffentlicht, die Gewinner der einzelnen Preise bei einer Veranstaltung öffentlich ausgezeichnet und bekannt gegeben.

Bisher sind die Anthologien „Zamp" (2013), „Boandlkramer" (2015), „Doudnsuppn" (2017) sowie „Woidbluad" (2019) in der Edition Golbet des HePeLo Verlages erschienen.

Seit 2015 beteiligt sich auch Gerhard Hutterer regelmäßig am Wettbewerb um den Ralf-Bender-Krimipreis.

Seinen bisher größten Erfolg feierte er gleich bei seiner ersten Teilnahme 2015, bei der er den Sonderpreis für die witzigste Idee (den witzigsten Einfall) gewinnen konnte.

Seine Siegergeschichte „CSI Boandlkramer" hat auch der Anthologie 2015 zu diesem Wettbewerb den Namen geliehen, ebenso wie vier Jahre später sein Wettbewerbs-beitrag für die Anthologie „Woidbluad" titelgebend war, wofür Gerhard Hutterer auch mit dem undotierten Sonderpreis für „kontinuierliches Ideengeben" ausgezeichnet wurde.

Losgelöst von den Anthologien enthält das vorliegende Buch die Wettbewerbsbeiträge des Autors, „Smarthome" (2021), „Woidbluad" (2019), „Tessas Mörder" (2017) und „CSI Boandlkramer" (2015) sowie einen Hinweis auf seinen Bayerwald-Krimi „Der Tod im Wald" (2013).

Das Leben ist ein Würfelspiel. Wir würfeln alle Tage. Dem einen bringt das Schicksal viel, dem and´ren Müh´ und Plage. Paul Stangl war zwar nicht sehr musikalisch, dieses alte Landsknechtlied beschrieb sein bisheriges Leben jedoch sehr zutreffend.

Paul war immer „der and´re" gewesen. Das Schicksal hatte ihn noch nicht beschenkt, vielmehr im Gegenteil. Paul hatte ständig das Gefühl, dass an seinem Schicksalswürfel sogar nur Nullen zu würfeln waren. Manchmal wäre er schon froh gewesen, wenn er wenigstens eine Eins oder vielleicht ausnahmsweise einmal eine Zwei gewürfelt hätte.

Vor fünfzehn Jahren glaubte Paul kurz, eine Sechs oder wenigstens eine Fünf gewürfelt zu haben. Seine Fünf hieß Regina. Regina war blond, gut gebaut und im Bett eine solide Akteurin. Beinahe hätte Paul sie für eine Sechs gehalten. Bis er sie mit seinem besten Freund Ruben in flagranti erwischte. Ruben, die linke Ratte! Regina, das Miststück! Mehr war in Pauls Erinnerung nicht übriggeblieben von dieser Beziehung. Schon gar kein Geld. Regina hatte ihn ausgenommen. Er hatte es nicht einmal gemerkt. Wie sollte er. Er, der nur Nullen, maximal Einsen kannte. Er konnte einfach mit einer Fünf, die vielleicht sogar eine Sechs gewesen sein könnte, nicht umgehen. Da fehlten ihm einfach die Erfahrung und das Feeling dafür.

Feeling? Englisch war auch nicht Pauls Stärke. Fünf Jahre Englischunterricht an der Hauptschule hatten kaum Spuren bei ihm hinterlassen. Paul würde das Wort Feeling nicht in den Mund nehmen. Er wusste noch nicht einmal, ob man das Wort Loser mit einer oder zwei oder sogar drei

---

[1] Nominiert für den Ralf-Bender-Krimipreis 2021, bisher unveröffentlicht.

Nullen in der Mitte schreibt. Spielte für Paul auch keine große Rolle.

Heute Morgen hatte er zumindest eine kleine Glückssträhne. Dienstags war er meistens schon wieder pleite. Heute hatte er aber zum zweiten Mal in dieser Woche – und für Pauls Verhältnisse war das eine Glückssträhne! – einen Job als Sortierer im Briefzentrum bekommen. Acht Euro pro Stunde - bar auf die Hand - war zwar kein Spitzenverdienst, aber mehr als Nichts. Paul hatte sich sogar dazu motivieren können, wieder hinzugehen. Die Aussicht auf vierzig Euro Lohn für einen Vormittag Arbeit war einfach zu verlockend gewesen.

Oft konnte Paul diesen Verlockungen eisern widerstehen. Heute nicht. Warum? Paul wusste es nicht. Paul dachte auch nicht darüber nach. Er dachte lieber an seine Freunde Jack und Jim. Mit Jack hatte er schon lange keine Party mehr gefeiert. Jack war momentan im Angebot für 0,7 Liter zum Preis von unter fünfzehn Euro. Das war zu verlockend.

Deshalb erschien er an diesem Dienstagmorgen – entgegen seinen sonstigen Gewohnheiten – wieder zur Arbeit.

Sein Vorgesetzter merkte nicht, dass heute für Paul ein besonderer Tag war. Für ihn war auch kein besonderer Tag. Er hatte auch kein besonderes Gespür für die besonderen Tage seiner Mitarbeiter. Sie waren im schlichtweg egal. Und das Pack, das ihm die Arbeitsagentur jeden Morgen als Tagelöhner schickte, war ihm erst recht egal.

Ohne es zu ahnen würfelte Paul an diesem Morgen und er würfelte eine Vier. Die Vier in Form eines Briefumschlags fiel zu Boden, als er gerade wieder einmal einen Anfall gehabt hatte. Seine rechte Hand zitterte so stark, dass ihm der Umschlag durch die Finger rutschte und nicht in dem Fach, das mit der Postleitzahl der Kreisstadt an der Donau beschriftet war, sondern auf dem Boden vor seinen Füßen landete. Arbeitstechnisch betrachtet eigentlich eine

Null, maximal eine Eins. In diesem Fall aber eine Vier. Paul erkannte die Vier am Klang, obwohl er selbst mit Vieren wenig Erfahrung hatte.

Er hatte mal eine Vier. Muss so vor sieben Jahren gewesen sein. In einer Klinik hatte er Berta kennen gelernt. Sie war dort auch auf Entzug. Die Gespräche mit ihr hatten ihm geholfen, nicht ständig an Bier, Wein und härtere Sachen zu denken. Sie war zwar zehn Jahre älter gewesen als Paul. Machte aber nichts. Berta erwies sich als eine Vier für Paul. Nach dem Entzug zogen sie zusammen. Bis er sie eines Morgens tot im Bett fand. Sie hatten sich heftig geliebt. Paul war unter die Dusche gegangen. Als er endlich zurückkam, war sie nicht mehr am Leben.

Neben dem Englischunterricht war auch von Pauls Erste-Hilfe-Ausbildung nicht viel hängen geblieben. Der Notarzt meinte nämlich, wenn Paul ihr sofort das Erbrochene aus dem Mundraum entfernt und an ihr eine Herzdruckmassage durchgeführt hätte, wären ihre Überlebenschancen nicht schlecht gewesen.

Hatte Paul aber nicht!

Er wurde trotzdem nicht wegen unterlassener Hilfeleistung angeklagt, da man ihm nicht hatte nachweisen können, dass er an jenem Morgen nüchtern genug war, um das erkennen zu können.

„Stangl, was gibt es da zu trödeln?", rief der Vorarbeiter in einem unangenehm lauten Ton Pauls Nachnamen durch die Halle, weil ihm wahrscheinlich dessen Vorname gerade wieder entfallen oder scheißegal war.

Paul hatte sich kurz nach der Vier gebückt und sie in der Innentasche seiner Jeansjacke verschwinden lassen. Dieses Bücken hatte der Vorarbeiter aus seinem Augenwinkel heraus als Bewegung wahrgenommen, die nicht in sein normales Spektrum passte. Das Wegstecken hatte er zu Pauls Glück nicht bemerkt. Nun war der Brief schon in Pauls Jackentasche und bereit, nach Hause mitgenommen zu werden. Zusammen mit den anderen sieben Umschlägen, die Paul heute schon verstaut hatte.

Punkt zwölf Uhr beendete Paul seine Schicht und ging – mit vierzig Euro in der Tasche und zufrieden - zu Fuß zu seiner Wohnung. Mit einer wischenden Handbewegung schaffte er auf dem Tisch etwas Platz, sodass die leeren Bierdosen mit einem blechernen Geräusch zu Boden fielen. Er würde das Leergut zu einem späteren Zeitpunkt wieder wegbringen und zu Geld machen.

Paul breitete die acht Briefumschläge vor sich aus, die er als seine heutige Tagesbeute hatte mitgehen lassen. Die Auswahl traf er intuitiv, obwohl er auch dieses Wort gar nicht kannte. Oft war es ein leises Rascheln, wenn das Kuvert durch seine Finger glitt. Dieses Rascheln deutete auf Geldscheine als möglichen Inhalt hin. Oft erzeugte aber auch dünnes Briefpapier dasselbe Geräusch wie Banknoten. Zu Beginn seiner Tätigkeit als Briefsortierer hatte er die Briefe, die er für Bargeldsendungen gehalten hatte, auch noch alle gelesen, manchmal wieder verschlossen und bei nächster Gelegenheit bei der richtigen Postleitzahl einsortiert. Diesen Aufwand betrieb er aber schon seit geraumer Zeit nicht mehr.

Nur ein Brief enthielt heute Bargeld. Dreihundert Euro in Hundertern. Andächtig betrachtete Paul die grünen Banknoten und musste unwillkürlich an sein nächstes Treffen mit Jack und Jim denken. Als letzten Umschlag öffnete er die Vier. Ein messingfarbener Schlüssel klebte mit Tesafilm auf einer kurz gehaltenen Begleitnotiz.

„Liebe Eltern, da ich Euch letztes Wochenende nicht mehr besuchen konnte, schicke ich Euch meinen Haustürschlüssel zu. Ich muss kurzfristig diese Woche nach München zu einer Weiterbildung und bin am Freitagabend wieder zurück. Am Donnerstag kommt der Stieglbauer Schorsch und baut einen neuen Sicherungskasten ein. Er braucht keine Rechnung. Die sechshundert Euro für ihn liegen in der Kellerbar im Barfach. Sperrt ihm bitte auf und denkt auch an die Brotzeit für ihn. Liebe Grüße, Euer Kurti", stand auf dem kleinen gelben Haftzettel.

Danke, Kurti, dass Du Deine Eltern nicht vorinformiert hast, dachte Paul und hielt den Schlüssel andächtig in der Hand. Paul überlegte. Nur das Einfache hatte Erfolg. Heute war Dienstag. Der Brief an Kurt Aigners Eltern würde diese in ihrem Altersruhesitz in Deggendorf nie erreichen. Der Stieglbauer Schorsch würde am Donnerstag vor verschlossener Tür stehen. Also hatte Paul bis Mittwochnacht Zeit, dem Haus am Ortsrand von Viechtach unangemeldet einen Besuch abzustatten.

Paul „lieh" sich das erstbeste Fahrrad, dem er zutraute, ihn einmal quer durch die Stadt zu tragen. Das gesuchte Haus lag am Ende einer Sackgasse und war von einem großen Garten umgeben. Meterhohe Hecken verdeckten den direkten Blick auf das großzügige Anwesen.

Den ganzen Nachmittag saß Paul auf einer Bank und beobachtete das Haus, zu dem er den Schlüssel in seiner Hosentasche verwahrte. Etwas nervös machte ihn die Baustelle in der Straße. Die Mitarbeiter der Firma Elektro Hiebl waren anscheinend mit dem Verlegen von Kabeln beschäftigt. Teile des Gehwegs waren aufgebaggert. Erst gegen 18:00 Uhr beendeten die Arbeiter ihr Tagwerk, tranken aber danach auf der Baustelle noch gemeinsam ein Feierabend-bier. Sie würden wahrscheinlich am nächsten Morgen sehr früh wiederkommen, überlegte Paul. Bis dahin musste er entweder wieder weg sein oder den ganzen Mittwoch in dem Haus bleiben und erst spät abends verschwinden.

Noch musste sich Paul nicht entscheiden, sondern erst einmal ins Haus kommen. Sein erster Versuch dazu scheiterte jedoch, nachdem er sich über den Garten zur Haustür geschlichen hatte. Der Schlüssel passte offensichtlich nicht in dieses Schloss. Mehr Glück hatte er mit der Kellertür neben dem breiten Garagentor. Sie ließ sich problemlos öffnen. Paul betrat einen geräumigen Keller, von dem drei Türen abzweigten. Neben einer davon befand sich noch der Zugang zu einem Aufzug. Paul machte sich gleich daran, sein neues Reich zu inspizieren. Die erste Tür zur Garage stand bereits offen. Paul ging hindurch und bestaunte bewundernd den dunkelgrünen Oldtimer. Paul kannte den Jaguar E-Type nur aus den Quartettspielen seiner Kindheit und hatte so einen Wagen noch nie in natura gesehen. Fast zärtlich strich er über die elegant geschwungene Motorhaube. Daneben war in der Garage noch Platz für mindestens zwei weitere Autos, die aber wohl gerade unterwegs waren.

Die zweite Tür ließ sich nicht öffnen und auch seine Versuche, den Aufzug zu aktivieren, blieben erfolglos. Der Hausbesitzer wollte anscheinend nicht, dass man so ohne Weiteres vom Keller in das Erdgeschoss kommen konnte.

Macht aber nichts, dachte Paul, nachdem er die dritte Tür geöffnet hatte. Dahinter verbarg sich ein großzügiger Wellnessbereich mit verschiedenen Fitnessgeräten, einem Whirlpool, einer Sauna, einem Ruhebereich mit vier Liegen, einer Dusche, diversen kleinen Schränken und – Haupttreffer des heutigen Tages! – einer Kellerbar mit Sitzgarnitur aus dunkelbraunem Leder.

Paul wusste sofort was er als nächstes tun würde. Er öffnete das Barfach, holte den weißen Umschlag mit den sechshundert Euro, die eigentlich für den Stieglbauer Schorsch gedacht waren, heraus und verstaute das Geld in seinem mitgebrachten Rucksack.

„Xare, do is oana im Haus. Des Geld hod er a scho gfundn. Wos soi I mocha?", fragte Kurt Aigner seinen Lebensgefährten Xaver Sachs, auch wenn ihm dieser - am fünfhundert Kilometer entfernten, anderen Ende der Telefonleitung – gerade keine echte Hilfe zu sein schien.

„Koa Polizei! Vielleicht haut er ja glei wieda ab. Er kann ja ned ins Haus rauf, oda?"

„Na. De Tür zur Kellertreppn und da Aufzug san zua. Do kimmd er ned ins Erdgschoss."

„Kurti-Schatz, dann kann ja nix passieren. I muaß jetzd auflegen. I ruaf di später nomoi an. Bussi!"

Kurt Aigner hatte gleich gewusst, dass etwas nicht stimmte, als die App ihm mitteilte, dass mit dem Schlüssel, den er eigentlich an seine Eltern geschickt hatte, gegen 19:45 Uhr die Kellertür seines Hauses aufgesperrt worden war. Er hatte sich nicht gleich darum kümmern können, da er erst die letzten beiden Vorträge des Seminars abwarten musste und sich dann erst auf sein Hotelzimmer zurückzuziehen konnte, ohne von seinen Arbeitskollegen vermisst zu werden.

Seit 22:00 Uhr starrte er nun auf den Bildschirm seines Laptops, um herauszufinden, was im Keller seines Hauses vor sich ging. Er hatte mittlerweile aufgegeben, darüber nachzudenken, wie der Eindringling zu dem Schlüssel gekommen sein könnte. Er hatte dann Xaver, seinen Lebensgefährten angerufen, der gerade als Reiseleiter auf einem Flusskreuzfahrtschiff auf dem Rhein nördlich Koblenz unterwegs war, ihm jedoch auch nicht weiterhelfen konnte.

Xaver war ein starker Mann, der sonst immer eine Lösung parat hatte, wenn es ein Problem gab. Das schätzte Kurt so an ihm, seit sie sich vor über fünf Jahren bei einer Flusskreuzfahrt auf der Donau kennengelernt hatten. Kurt, der einsame Gast aus Viechtach. Xaver, der sympathische Reiseleiter aus Passau. Kurz vor dem schwarzen Meer waren sie sich schon darüber einig gewesen, dass Xaver zu Kurt nach Viechtach ziehen würde. Xaver war genauso technikaffin wie Kurt und auch sonst teilten sie manche Leidenschaft. Gemeinsam hatten sie dann Kurts Elternhaus renoviert und dabei einigen technischen Schnickschnack eingebaut. Die Kameraüberwachung im Keller war Xavers Idee gewesen.

Ohne es zu merken, aktivierte Paul die Kameras, wenn er in dem betreffenden Raum das Licht anmachte. Andächtig stand er nun vor dem geöffneten Barfach. Von den Marken der meisten der vierzehn Single Malt Whiskys hatte Paul noch nie etwas gehört. Wie die vierzehn Nothelfer standen sie nebeneinander in dem beleuchteten Barfach. Hinter jeder Flasche zusätzlich der Schmuckkarton, auf dem noch das Preisschild klebte, um auch dem Whiskyamateur zu zeigen, welche Preziosen der Hausherr hier sein Eigen nannte, falls der grüne Jaguar auf die Gäste noch nicht genug Eindruck gemacht haben sollte.

Paul griff nach einer Flasche Talisker Single Malt Scotch Whisky. Aged 41 Years The Bodega Series stand auf dem kunstvoll gestalteten Flaschenetikett, 3.499,90 Euro auf dem schnöden Preisschild, was Paul besonders beeindruckte. Wahrscheinlich eine glatte Sechs. Die hebe ich mir für besondere Anlässe auf, dachte er und steckte die Flasche in seinen Rucksack. Da waren es nur noch dreizehn Nothelfer.

Paul nahm sich daraufhin ein Whiskyglas und eine Flasche Highland Park Thorfinn Warrior Edition, die anscheinend „nur" 1.199,90 Euro gekostet hatte, aus dem Barfach und setzte sich in einen der Ledersessel.

Ausgerechnet den Talisker lässt er mitgehen, dachte Kurt. Dabei ging es ihm weniger um die dreieinhalbtausend Euro, die ihn der Whisky gekostet hatte, sondern darum, dass dieser zottelige Mensch auf dem Bildschirm den großartigen Whisky gar nicht richtig schätzen konnte. Wahrscheinlich war er über billigen Discounterfusel nicht hinausgekommen und bediente sich jetzt dreist in Kurts exquisiter Sammlung.

Gegen 01:00 Uhr meldete sich Xaver wieder.

„Kurti, is er no da?", wollte er wissen.

„Ja, Xare. Er sauft unsern deieren Whisky. Seit oana Stund schlafd er jetzd. Du wearsd as ned glaubn wo. Er sitzd im Jaguar, schlafd und schnarchd. Wos soi I macha? I kann aus Minga ned weg."

„Kurti, aaf jedn Fall koa Polizei! Der voschwind scho wieda, wenn er sein Rausch ausgschlaffa hod. Bleib einfach cool."

Cool bleiben. Leichter gesagt als getan. Kurt schaltete im ganzen Keller per Fernsteuerung das Licht aus und legte sich selbst angezogen auf die Couch seines Hotelzimmers. Er versuchte trotz der Aufregung ein wenig zu schlafen. Die App auf seinem Smartphone würde ihn zuverlässig wecken, sobald sich der Fremde in seinem Haus wieder bewegte und Licht anmachte.

„Kurti-Schatz, woasd du wia spät des is?", grummelte Xaver Sachs um 05:53 Uhr verschlafen in sein Handy.

„Er duschd! Er duschd!", stammelte Kurt Aigner und vor Aufregung überschlug sich seine Stimme fast.

Jetzt war auch Xaver Sachs hellwach und schaltete sein Laptop ein. Tatsächlich, der Fremde hatte sich ausgezogen und öffnete jetzt die Tür zur Duschkabine. Er konnte es auf dem Bildschirm deutlich sehen. Nahezu gestochen scharf wurden die Aufnahmen der Kameras im Keller auf die Laptops von Kurt Aigner und Xaver Sachs übertragen.

Das unbequeme Gestühl des Oldtimers war offensichtlich kein geeigneter Platz, um sich auszuruhen. Paul musste kurz eingenickt sein. Nun schmerzte sein Rücken. Im Ruhebereich legte er sich auf eine der Liegen. Doch auch da konnte er nicht richtig schlafen. Nach geraumer Zeit stand er wieder auf und durchstöberte die kleinen Einbauschränke. Außer zwei flauschigen Saunahandtüchern fand er nichts Mitnehmens wertes darin. Er verstaute sie in seinem Rucksack, als sein Blick auf die Duschkabine fiel. Drei Seiten waren mit weißen Fliesen verkleidet. Die Glastür reichte bis zur Decke. Alles machte einen blitzblanken Eindruck. Wahrscheinlich hatte hier länger niemand geduscht, dachte Paul und begann sich auszuziehen.

Eine heiße Dusche und dann verschwinden, bevor die Arbeiter wieder auf der Baustelle waren und ihn vielleicht doch noch bemerken konnten, war nun Pauls Plan. Er legte seine Sachen auf den Boden und stieg in die Duschkabine. Das leise Klacken beim Schließen der Tür hatte er überhört. Es war nicht das Geräusch seines Schicksalswürfels, der gerade eine Null für Paul parat hatte, sondern der elektrische Mechanismus, der die Tür der Duschkabine nun fest verriegelte. Paul drehte an der Mischbatterie und wartete auf das heiße Wasser, das aus dem in die Decke bündig eingelassenen Duschkopf strömen sollte.

Gebannt starrten Kurt und Xaver getrennt voneinander auf ihre Bildschirme. Was sich jetzt abspielen würde, war nicht neu für sie, aber immer wieder ein erregendes Schauspiel. Plötzlich hatte sich das Blatt im Keller gewendet.

Kurt hatte jetzt, wie immer in solchen Situationen, die Regie übernommen. Zuerst übersteuerte er mit seinem Smartphone die Mischbatterie. Der Fremde konnte jetzt daran herumdrehen, wie er wollte. Statt heißem Wasser prasselte jetzt lauwarmes auf Paul herab. Ungläubig schaute er auf den Drehknopf, den er doch auf tiefrot gestellt hatte. Also in die andere Richtung drehen, vielleicht wird es dann warm, dachte Paul. Wurde es aber nicht! Kurt tippte die Zahl 10 in den Ziffernblock seiner App. Sogleich begann zehn Grad kaltes Wasser über Pauls Körper zu rieseln.

Was war das? Jetzt war in dieser Mistdusche auch noch der Abfluss verstopft. Schnell stieg der Pegel in der Duschwanne über Pauls Knöchel.

Mir reicht's, dachte Paul und wollte die Tür der Duschkabine öffnen. Sie bewegte sich aber keinen Millimeter.

Das ist stabiles Panzerglas, da kannst Du rütteln, wie Du willst, dachte Kurt und zoomte mit einer Kamera auf Pauls Gesichtsausdruck. Dieser verdunkelte sich mit jedem seiner erfolglosen Tritte gegen die Glastür und mit jedem Zentimeter, den der Wasserstand in der Duschkabine anstieg.

Jetzt reichte das Wasser schon bis zu Pauls Bauchnabel. Paul begann zu zittern. Nicht nur vor Kälte, da Kurt mittlerweile eine 4 in seine App getippt hatte und das Wasser daraufhin in der gewünschten Temperatur aus dem Duschkopf lief, sondern auch vor Wut.

Paul war zwar kein Mathegenie, konnte sich aber leicht vorstellen, dass es nur noch kurze Zeit dauern würde, bis die Duschkabine voll Wasser gelaufen sein würde.

Um 06:30 Uhr klopfte es an die Kabinentür von Xaver Sachs.

„Ich komme", rief er dem Steward zu und machte dabei eine abwinkende Handbewegung in dessen Richtung.

„Kurti-Schatz, I muaß jetzd. I schau mia's später an, wenn I mehr Zeit hob. Bussi!", flüsterte er seinem Lebensgefährten ins Mobiltelefon und schaltete sein Laptop aus.

Was nun folgen sollte, hätte Kurt Aigner lieber zusammen mit seinem Xaver genossen. Xaver Sachs war aber ein vielbeschäftigter Reiseleiter und die Sache heute war ja auch nicht geplant gewesen.

Paul stemmte sich nun gegen die Glastür und versuchte auf der Mischbatterie zum Stehen zu kommen, die noch nicht unter Wasser war.

Das hatte bisher noch keiner ihrer „Gäste" gemacht. Das wird Dir aber nichts helfen, dachte Kurt und erhöhte die Wassermenge, die nun in einem weitaus dickeren Strahl aus dem Duschkopf schoss. Sogleich stand Paul das Wasser wieder bis zum Hals, als Kurt plötzlich auf Stopp drückte.

Lange würde sich der Fremde nicht mehr auf der Mischbatterie halten können. Seine Beinmuskulatur hatte schon zu zittern begonnen. In wenigen Minuten würde er abrutschen und untertauchen. Nach Kurts bisheriger Erfahrung dauerte es dann noch etwa vier Minuten bis der Tod durch Ertrinken eintreten würde.

Er musste dem Stieglbauer Schorsch absagen, fiel es Kurt plötzlich siedend heiß ein. Da er selbst nicht vor Freitagabend und Xaver nicht vor Samstagmittag zurück in Viechtach sein konnte, musste die Leiche bis dahin in der Dusche bleiben. Kurt schätzte den Fremden auf ungefähr hundert Kilogramm Körpergewicht. Den konnte er unmöglich allein wegbringen. Zu Kurts Glück war Georg Stieglbauer ein gefragter Elektroinstallateur und die Absage des Termins kein Problem für ihn.

Du bist aber ein zäher Hund, stellte Kurt fast schon anerkennend fest, als er sich nach dem Anruf bei Schorsch wieder auf den Bildschirm konzentrierte und sah, dass der Fremde immer noch auf der Mischbatterie kauerte. Er wollte anscheinend noch nicht so schnell aufgeben. Lange konnte es aber nicht mehr dauern, glaubte Kurt.

Dem einen bringt das Schicksal viel,…

Plötzlich würfelte Paul eine Sechs. Das Licht im Keller ging schlagartig aus, die Tür der Duschkabine genauso schlagartig auf. Zwei Kubikmeter Wasser spülten Paul in den Kellerraum. Hart schlug er mit dem Kopf auf dem Boden auf und blieb kurz benommen liegen.

Das alles konnte Kurt nicht mehr verfolgen, da sein Bildschirm ohne Kamerabild war und als Status „Verbindung unterbrochen" anzeigte.

„Luggi, Du Volldepp!", schrie Seniorchef Franz Hiebl gegen das Motorengeräusch des Baggers an, mit dem Ludwig Kandler soeben das Hauptstromkabel durchtrennt hatte.

Arbeitstechnisch eine glatte Null für Ludwig Kandler, da Franz Hiebl seinem Angestellten kurz vorher noch eingeschärft hatte, besonders auf das Hauptstromkabel zu achten.

Schicksalstechnisch eine glatte Sechs für Paul. Noch leicht benommen griff er nach seinem Rucksack und stolperte durch die Kellertür ins Freie. Nackt und am ganzen Körper zitternd setzte er sich auf den Bürgersteig, wo ihn zehn Minuten später eine Polizeistreife festnahm.

„Das müssen Sie sich unbedingt anschauen", rief Polizeikommissar Geiger zu seinem Kollegen Stadlbauer die Kellertreppe hinunter.

Paul Stangl war für die Viechtacher Polizei kein unbeschriebenes Blatt gewesen. Einbruch war aber jetzt eine neue Hausnummer für ihn. Die Spurensicherung rückte also mit einer kleinen Combo an, um die Einbruchspuren im Keller des Hauses am Ende der Straße zu sichern.

Noch vor Ort hatte Paul Stangl bei einer ersten Befragung offensichtlich wirres Zeug erzählt, der Inhalt seines Rucksacks deutete aber eher auf eine klare Sache hin. Er war in das Haus eingestiegen, hatte sich am Whisky des Hausherrn übermäßig bedient und dann Bargeld und eine Flasche besonders teuren Single Malts mitgehen lassen. Von zwei Saunahandtüchern ganz zu schweigen.

Auf dem Schreibtisch im Wohnzimmer lag ein Stapel mit fünf DVDs. Sie waren jeweils mit einem Vornamen beschriftet: Jana, Pavel, Ludmilla, Gregor und Anastasia. Polizeioberkommissar Stadlbauer schaltete den Fernseher ein und startete die DVD mit dem Namen Jana in dem DVD-Player. Zu sehen war gleich darauf eine junge Frau, die sich auszog und in die Duschkabine im Keller stieg.

„Das ist doch Jana Kowalska. Die haben wir vor sechs Wochen aus dem Regen gefischt. Ertrunken. Nächtlicher Badeunfall. Wie davor bei Pavel Schmolski, Ludmilla Pavarenkova, Gregor Laskowitsch und Anastasia Holubekova. Alle fünf waren Prostituierte oder Stricher aus dem Raum um Böhmisch Eisenstein gewesen."

„Ertrunken? Badeunfall? Ich bin gespannt, was uns Herr Aigner dazu sagen kann. Die Münchner Kollegen sind hoffentlich schon auf dem Weg zu ihm."

„Sie haben ihn", bestätigte Polizeikommissar Geiger wenige Minuten später.

2019 - Woidbluad (Waldblut)[2]

Carla Wiesinger musste unwillkürlich schmunzeln. Noch vor wenigen Minuten war das giftgrün lackierte Motorrad nach dem Ortsausgang von Mietraching schwungvoll an ihrem VW Bus vorbeigezogen. Nun lag die Kawasaki am Ausgang der Wegmacherkurve im Graben. Der Biker stand am Straßenrand der Ruselhochstraße, der ehemaligen Bergrennstrecke, und klopfte sich den Schmutz von der Lederkombi. Außer der Blamage, im Angesicht der Biergartengäste des nahen Biker-Treffs gestürzt zu sein, war ihm anscheinend nichts weiter passiert. Am Ruselabsatz hielt Carla kurz an und ließ ihren Blick über die geschwungenen Hänge des vor ihr liegenden Waldgebirges schweifen.

Schöner Bayerischer Wald!

Carla hatte am Abend zuvor ihren schwarzen VW Bus abgeholt und alle Utensilien darin verstaut, die sie für ihren Kurzurlaub im Bayerischen Wald benötigen würde. Der Bully hatte im Boden des Kofferraums ein abschließbares Fach, die hintere Sitzbank war ausgebaut. So konnte sie auch ihr Mountainbike verlasten, ohne es zerlegen zu müssen. Mit drei Spanngurten sicherte sie die Ladung des Bullys gegen Verrutschen.

Freitagmittag gegen 13:00 Uhr hatte Carla in Deggendorf die Autobahn A 92 verlassen und war der ehemaligen Bundesstraße 11 über die Rusel in östliche Richtung bis Regen gefolgt. Über Langdorf erreichte sie dreißig Minuten später schließlich Bodenmais, ihr Reiseziel. Das kleine Zimmer im

---

[2] Nominiert für den Ralf-Bender-Krimipreis 2019, veröffentlicht in der Anthologie „Woidbluad" (Alexander Frimberger / Lothar Wandtner, HePeLo Verlag Edition Golbet, ISBN 978-3-943926217).

Hotel „Silberberger Hof", ihre Unterkunft für die kommenden zwei Tage, hatte Carla über eine anonyme Onlinebuchung gemietet. Der „Silberberger Hof" lag verkehrsgünstig direkt in der Nähe der Arberseestraße. Über das Wochenende gab es in der Gegend so ein großes Aufkommen an durchreisenden Urlaubern, dass ein sportlicher Single mit VW Bus und Mountainbike kein weiteres Aufsehen erregte.

Den Rest des Freitages durchstreifte Carla auf ihrem Mountainbike die Wälder rund um den Bretterschachten. In etwa sieben Kilometer Entfernung stieß sie am Südhang des Großen Arbers auf eine private Jagdhütte, deren Zufahrtsweg durch eine geschlossene Schranke gesichert und zusätzlich mit einem entsprechenden Schild als Privatweg gekennzeichnet war. Carla verließ den Forstweg, schob ihr Bike durch den Hochwald in die Richtung einer kleinen Fichtenschonung und versteckte es dort in einer Bodenmulde.

Einem kleinen, ausgetrockneten Bachbett folgend bewegte sie sich in Richtung einer Lichtung, auf der die Jagdhütte stand. Vorsichtig näherte sich Carla, auf allen Vieren kriechend, bis etwa hundert Meter der Hütte und legte sich neben die Wurzeln einer mächtigen Bayerwaldtanne. Von diesem Beobachtungsplatz aus konnte sie das Gelände gut einsehen. Die Jagdhütte befand sich am Rande einer etwa zweihundert auf zweihundert Meter messenden, großen Lichtung. Die Zufahrt aus südlicher Richtung endete bei der Hütte. An der Ostseite begrenzte eine kleine Fichtenschonung die Lichtung. Neben der Fichtenschonung stand ein etwa sieben Meter hoher Jagdhochsitz. Die drei anderen Seiten der Lichtung wurden vom alten Baumbestand eines Tannenhochwaldes eingerahmt. Sehr idyllisch gelegen, dachte Carla.

Schöner Bayerischer Wald!

Plötzlich kamen ein Mann und eine Frau aus der Hütte heraus. Er im schicken Jagddress, Sie in einem luftigen Sommerkleid. Auf der kleinen Holzterrasse vor der Jagdhütte machten sie es sich jetzt offensichtlich zu einem späten Nachmittagskaffee gemütlich. Während Er seinen Kaffee trank, hielt Sie die ganze Zeit über seine linke Hand fest.

Die Jagdhütte war eingeschossig angelegt. An der Ost-, Nord- und Westseite waren jeweils zwei Fenster mit Holzläden angebracht, an der Südseite lediglich die Eingangstür und die Terrasse. In einem Abstand von etwa zehn Metern zur Nordostecke war ein mittelgroßer Holzschuppen vorhanden. Dessen zweiflügliges Tor ließ darauf schließen, dass es sich nicht nur um einen Geräteschuppen handelte, sondern auch ein Wagen darin - vor Blicken geschützt - untergestellt werden konnte. Neben diesem Tor gab es noch eine schmale Tür, die ebenfalls nach Süden ausgerichtet war.

Carla hatte nicht auf ihre Uhr gesehen, musste aber geraume Zeit in ihrer Beobachtungsposition verbracht haben. Ein leichter Nieselregen hatte mittlerweile eingesetzt. Unbemerkt wie sie gekommen war, konnte Carla ihr Versteck wieder verlassen. Gegen 18:30 Uhr stellte sie ihr Mountainbike in der Garage des Hotels ab.

Den Abend verbrachte sie in ihrem Domizil und mischte sich unter die anderen Touristen. In der Gaststube ihrer Herberge musste sie die Avancen eines einheimischen Lederhosengockels nur kurz und energisch abwehren, um sich danach in Ruhe ihre Waldler-Pfanne schmecken lassen zu können.

Schöner Bayerischer Wald!

Der Samstag war eine verregnete Angelegenheit. Ein Schauer nach dem anderen zog über Bodenmais hinweg und lud seine feuchte Fracht über den Hängen rund um den Großen Arber ab. Erst kurz vor dem Abendessen riss die

Wolkendecke auf und ein leichter Südostwind trocknete das Land wieder etwas ab. Da hatte Carla schon ihren Plan entwickelt und ihre dafür benötigte Ausrüstung sorgsam im Rucksack verstaut. Um 20:00 Uhr lag Carla auf ihrem Hotelbett und studierte ein letztes Mal ihre Unterlagen.

Zwei Wochen vorher hatte sie im Haller-Hochhaus den Lift bis in die oberste Etage genommen und über eine kleine Metalltreppe den Eingang zum Dachboden erreicht.

An der Wand neben der Tür waren mehrere Schaltkästen angebracht. Sie hatte einen kleinen Schlüssel aus ihrer Hosentasche geholt und den Kasten mit der Aufschrift „Elektro-Sieber" geöffnet. In dem hellgrauen Kasten hatten sich jedoch keine Kabel, Schalter, Sicherungen oder Ähnliches, sondern vier gleichgroße Schließfächer, jeweils mit Sicherheitsschloss, befunden. Carla hatte das obere rechte Fach geöffnet und einen auffällig grünen Briefumschlag der Größe DIN C4 herausgeholt, dessen Inhalt jetzt auf dem Hotelbett ausgebreitet neben ihr lag. Ein Bündel Geldscheine - insgesamt 10.000 Euro – hatte sich zusammen mit einem Schreiben, mehreren Fotografien sowie Kartenmaterial darin befunden.

„Hallo! Schön, dass Sie es einrichten konnten. Sie haben sicher das Geld schon nachgezählt. Die zweite Hälfte bekommen Sie wie üblich, sobald Sie Vollzug gemeldet haben. Und nun zu Ihrem Auftrag: Unsere Klienten haben Schwierigkeiten mit einem gewissen Dr. Herbert Pohl (62), Geschäftsmann aus Frankfurt. Er macht mit seiner Geliebten einen kleinen Urlaub im Bayerischen Wald. Die Lage seiner Jagdhütte ist auf der Karte eingezeichnet. Die Frau heißt Fiona Reichmann (34). Sie ist unwichtig, wenn Sie wissen, was das heißt. Unsere Auftraggeber möchten aber, dass Herr Pohl möglichst lange etwas davon hat. Eventuell gibt es dann noch einen Bonus. Viel Erfolg, Carla!", stand mit steriler Computerschrift auf einem weißen Bogen Papier.

Carla suchte also nicht Erholung, sie suchte Dr. Pohl! Dr. Herbert Pohl, Geschäftsmann aus Frankfurt, und dessen Geliebte. Die mitgelieferten Fotos von Dr. Pohl und Fiona Reichmann waren so gestochen scharf, dass sie beide am Freitagnachmittag vor deren Hütte sofort eindeutig identifizieren konnte. Leute wie Pohl hatten für Carla einen großen Vorteil. Sie besaßen genug Geld, um sich in einem unzugänglichen Waldgebiet wie dem Bayerischen Wald eine Hütte bauen zu lassen und – was für Carla noch wichtiger war – diese Hütte auch noch so abseits bauen zu lassen, dass sie wirklich ungestört ihren Freizeitaktivitäten nachgehen konnten. Dr. Pohl war zudem Jäger. Ihm gehörte ein Teil des seine Jagdhütte umgebenden Staatsforstes zur jagdlichen Nutzung. Wie er da drangekommen war, interessierte Carla nicht. Für die kommenden Tage war die jagdliche Nutzung in diesem Teil des Waldes an Carla übertragen.

Carlas Mountainbike-Touren hatten also nicht ihrer Fitness gedient, sondern, um die nähere Umgebung der Jagdhütte zu erkunden und dabei erste Aufschlüsse zu möglichen Handlungsoptionen zu gewinnen. Mit dem Entfernungsmesser an ihrem Fernglas hatte sie dabei die Ausmaße der Lichtung festgestellt, bereits verschiedene potenzielle Schusspositionen im Gelände ausgemacht und alles in einer Skizze vermerkt.

Am Sonntagmorgen räumte Carla gleich nach dem Frühstück ihr Zimmer, belud ihren Bully und verabschiedete sich von den Wirtsleuten des „Silberberger Hofs". Sie folgte zunächst weiter der Staatsstraße in Richtung Großer Arbersee, stellte am Wanderparkplatz Bretterschachten ihr Fahrzeug ab und machte sich mit dem Rad auf den Weg zur Jagdhütte. Gegen 10:00 Uhr erreichte Carla den Schlagbaum zur Zufahrt. Sie versteckte wieder ihr Mountainbike, streifte sich einen tarnfarbenen Overall über und verschmolz - so gekleidet - mit geschmeidigen Bewegungen mit ihrer Umgebung. Zum Glück hatte die Sonne bereits so viel Kraft, dass sie die Feuchtigkeit des regnerischen Vortages fast komplett in einen leichten Nebel verwandelt hatte. Dessen gespenstische Schwaden standen förmlich zwischen den majestätischen Bayerwaldriesen.

Schöner Bayerischer Wald!

An der Lichtung angekommen, bezog Carla ihren erkundeten Beobachtungsplatz und holte die Teile eines Gewehres aus dem Rucksack. Mit fließenden Bewegungen setzte sie die einzelnen Bauteile der Langwaffe zusammen und repetierte mehrmals den Verschluss, um so die korrekte Funktion der gleitenden Teile zu überprüfen. Zuletzt setzte sie das Zielfernrohr auf und schraubte den Schalldämpfer an die Mündung des Scharfschützengewehres. Gleichermaßen bestückte sie auch ihre Pistole. Carla wollte die erhabene Ruhe des Waldes nicht mit lautem Mündungsknall stören.

Die Ruhe wurde erst zwei Stunden später unterbrochen, als die Tür der Jagdhütte aufging und eine nackte, blonde Schönheit auf der Terrasse erschien. Völlig unbekleidet stand Fiona Reichmann vor der Tür und reckte ihre Arme zum Himmel. Jetzt kam auch Dr. Pohl aus der Jagdhütte. Wie es sich für einen älteren, distinguierten Geschäftsmann gehörte, trug er einen seidenen Bademantel. Von hinten umarmte er seine Geliebte und küsste sie in den Nacken. Kurz darauf gingen beide wieder hinein.

Wenige Minuten später erschien Dr. Pohl erneut, diesmal mit einer Kaffeetasse in der Hand. Das Pärchen frühstückt anscheinend gerade, dachte Carla und lehnte sich entspannt zurück. In den nächsten Minuten würde sich wahrscheinlich noch keine Gelegenheit zum Zuschlagen ergeben.

Und Carla sollte Recht behalten. Erst gegen 14:30 Uhr kam plötzlich Fiona Reichmann aus der Jagdhütte und ging zum Schuppen hinüber. Sie öffnete dessen Tür, verschwand für wenige Minuten im Innern und schleifte dann einen Liegestuhl mit Polsterauflage hinter sich her. So wie es für Carla aussah, suchte Fiona Reichmann ein geeignetes Plätzchen, um sich in die Sonne zu legen, die mittlerweile die Lichtung in gleißendes Licht getaucht hatte. Fiona Reichmann klappte die Lehne des Liegestuhls in einen Winkel von ungefähr fünfundvierzig Grad, legte sich darauf und bewegte sich danach nicht mehr.

Ganz kurz bewegte sich lediglich ihr Kopf dann doch noch, als das Projektil aus Carlas Gewehr ihren Schädel durchschlug. Exakt dreiundsiebzig Meter hatte der Entfernungsmesser des Fernglases angezeigt. Carla hatte an ihrem Gewehr den für diese Entfernung passenden Haltepunkt gewählt und Fiona Reichmann genau mittig in die Stirn geschossen.

Blutiger Bayerischer Wald!

Mit einem beherzten Sprint überwand Carla jetzt die fünfundsechzig Meter, die sie noch vom Eingang der Jagdhütte trennten. Das Gewehr hatte sie am Baum abgelegt und nun beim Laufen ihre Pistole in der Hand. Als sie schon an der Terrasse war, stand plötzlich Dr. Pohl in der Tür. Ohne zu bremsen, rannte Carla ihn um, sodass er rückwärts in das Innere der Hütte stürzte. Bevor Dr. Pohl sich jedoch aufrappeln konnte, hielt Carla den Schalldämpfer ihrer Pistole in seine Richtung.

„Was soll das werden?", wollte Dr. Pohl wissen.

„Doktor Pohl, Sie stellen hier keine Fragen! Aber meine Auftraggeber haben mich autorisiert, Ihnen einige Informationen über deren Pläne zu geben. Also hören Sie gut zu!"

„Was heißt hier Auftraggeber?", herrschte sie Dr. Pohl an.

„Doktor Pohl! Sie sollten mir zuhören!"

„Sie haben mir gar nichts zu sa….", wollte Dr. Pohl einwenden, doch er konnte den Satz nicht mehr vollenden, da ihn ein neben ihm in die Wand einschlagendes Projektil spontan zum Schweigen brachte.

„Doktor Pohl, jetzt hören Sie mir gut zu! Ich habe einen Auftrag zu erfüllen. Und Sie sollten mir in Ihrem eigenen Interesse dabei helfen. Wollen Sie mit mir kooperieren?"

„Ja", antwortete Dr. Pohl nun etwas kleinlauter.

„Gut, Doktor Pohl. Meine Kollegen und ich haben den Auftrag, Sie zu entführen. Wenn Sie tun, was ich Ihnen sage, passiert Ihnen und Ihrer Begleitung nichts weiter. Wenn nicht, dann haben Sie alles Weitere selbst zu verantworten. Haben Sie das verstanden, Doktor Pohl?"

„Ja, aber wo ist Fiona? Ich meine Frau Reichmann."

„Meine Kollegen kümmern sich gerade um sie. Sie müssen sich keine Sorgen machen. Meine Kollegen sind sehr behutsam mit schönen Frauen. Sie mögen es nur nicht, wenn man sich zu sehr ziert. Aber ich glaube, Ihre Braut hat sich nicht lange geziert."

„Ihr Schweine! Lasst Fiona in Ruhe! Fasst sie ja nicht an!", ereiferte sich Dr. Pohl.

„Sonst, Doktor Pohl? Was passiert sonst?"

Dr. Pohl schwieg betreten. Er schien jetzt seine Lage langsam zu begreifen.

„Sehr vernünftig, Herr Doktor. Ich gebe Ihnen jetzt ein paar Anweisungen. Sie befolgen diese brav und alles wird gut für uns beide."

„Was verlangen Sie von mir?"

„Sehen Sie, wir müssen Sie hier wegbringen, ohne dass Sie sich an Einzelheiten erinnern können. Ich habe hier ein kleines Fläschchen mit K.-o.-Tropfen. Sie nehmen jetzt einen Schluck davon. Wenn Sie später wieder aufwachen, haben Sie das Schlimmste schon überstanden. Ihre Familie zahlt anschließend brav das Lösegeld und Sie sind uns auch schon wieder los. Oder wir Sie. Wie Sie wollen."

Carla lächelte sanft und warf Dr. Pohl ein kleines braunes Fläschchen zu. Er fing es auf, öffnete den Verschluss, träufelte sich mehrere Tropfen des Inhalts auf die Zunge. Beide warteten auf das Eintreten der beabsichtigten Wirkung. Plötzlich sackte Dr. Pohl nach hinten weg und kam rücklings auf dem Boden zu liegen.

Carla legte ihre Waffe beiseite, nahm ihren Rucksack ab, öffnete diesen und holte ein Stück Kletterseil heraus. Mit ihrem Stiefelmesser schnitt sie drei Stücke ab, jedes ungefähr einen halben Meter lang. Das erste Stück legte sie oberhalb des Knies um den rechten Oberschenkel von Dr. Pohl und verknotete die beiden losen Enden des Seils. Mit einem mitgebrachten, zwanzig Zentimeter langen Holzpflock drehte sie nun die Seilschlinge so lange zusammen, bis das Seil deutlich in die Oberschenkelmuskulatur von Dr. Pohl einschnitt. Zuletzt fixierte sie den Knebel mit etwas Tape. Mit den beiden Armen verfuhr Carla oberhalb des Ellbogens jeweils in analoger Art und Weise. Nach ein paar Minuten hatte sie ihr Werk vollbracht. Zum Schluss setzte sie Dr. Pohl auf einen Stuhl in die Mitte des Raumes.

Carla ging wieder nach draußen. Fiona Reichmann bekam über ihren zerfetzten Kopf eine Plastiktüte gestülpt, die ebenfalls mit Tape fixiert wurde. Carla schleifte die Leiche nun in die Hütte zu dem bewusstlosen Dr. Pohl und legte sie in einer Ecke des Raumes bäuchlings ab. Anschließend brachte sie den blutverschmierten Liegesessel in den Geräteschuppen und verschloss dessen Tür. Nicht ohne zuvor das Gewehrprojektil aus der Hüttenwand herausgepult zu haben.

Geduldig wartete Carla nun, bis Dr. Pohl wieder erwachen würde.

„Wo bin ich?", fragte Dr. Pohl als Erstes, nachdem er wieder bei Sinnen gewesen war.

„Gute Frage, Doktor Pohl", antwortete Carla ruhig.

„Ihr Schweine! Was habt Ihr mit ihr gemacht?", erregte sich Dr. Pohl plötzlich geschockt, als er den Körper seiner Geliebten reglos in der Ecke liegen sah.

Dabei versuchte er hastig aufzustehen. Er sackte jedoch nach rechts weg, da das abgebundene Bein ihm nicht mehr gehorchen wollte. So wie seine beiden abgebundenen Arme ihm auch nicht mehr gehorchten. Sein Gehirn befahl den Händen zwar, sich beim Fallen aufzustützen. Der Befehl wurde von den Armen aber nicht mehr ausgeführt, da sie - wie das eine Bein – für ihn gefühllos waren.

Dr. Pohl schlug vorwärts fallend auf dem Boden auf. Carla fasste ihn am rechten Arm und drehte ihn nun auf den Rücken. Er blutete aus Mund und Nase. Offensichtlich hatte er sich beim Aufprall in die Lippe gebissen und die Nase gebrochen. Er konnte nur röcheln und Blut ausspucken. Carla nahm ein längeres Stück Tape und verschloss damit seinen Mund.

„Doktor Pohl, ich muss Ihnen etwas gestehen. Ich habe Sie vorhin angelogen. Ich habe gar keine Kollegen. Ich arbeite gerne allein."

„Und ich habe auch keinen Auftrag, Sie zu entführen", fügte Carla nach einer gedanklichen Pause hinzu.

Der Körper von Dr. Pohl zuckte, da er offensichtlich allein durch die blutende Nase nicht so viel Luft ein- und ausatmen konnte, wie er es gerne gehabt hätte.

„Nein, ich habe keinen Auftrag, Sie zu entführen. Das wollten meine Auftraggeber nicht von mir. Jetzt raten Sie mal, welchen Auftrag ich sonst noch haben könnte?", fragte Carla, lächelte dabei kühl und riss Dr. Pohl das Tape vom Gesicht.

Dieser spukte sofort erleichtert das überschüssige Blut in seinem Mund auf den Boden und japste nach Luft.

„Warten Sie! Egal, was die Ihnen bezahlt haben. Ich kann Ihnen mehr bezahlen. Nennen Sie mir die Summe und Sie bekommen das Geld. Ich gehe auch nicht zur Polizei. Versprochen!"

„Das will ich Ihnen gerne glauben. Ich meine, dass Sie nicht zur Polizei gehen. Sie werden nirgendwo mehr hingehen, fürchte ich für Sie."

„Warten Sie! Tun Sie bitte nichts Unüberlegtes! Noch können Sie zurück."

„Das klingt interessant. Aber ich kann Ihr Angebot nicht annehmen."

„Warum nicht? Ich habe Geld, viel Geld. Ich gebe Ihnen so viel Sie wollen. Nennen Sie Ihren Preis!"

„Ich habe keinen Preis. Aber ich habe einen Auftrag. Und den werde ich ausführen. So geht das Spiel."

„Warum tun Sie das? Ich gebe Ihnen viel Geld. Sie haben nur einen Auftrag. Was ist schon ein Auftrag gegen viel Geld? So überlegen Sie doch! Bitte! Bitte!"

Carla riss ein Stück Tape von der Rolle und beendete damit fürs Erste diese Unterhaltung.

Sie nahm die Axt, die neben dem Brennholzkorb lag und holte aus. Dr. Pohl schloss die Augen und sah darum nicht, wie Carla mit Wucht neben ihm in die Holzwand schlug und ein Stück von der Bretterwand herausbrach. Mit einem zweiten, nun aber gezielter geführten Schlag spaltete sie das Holzstück so, dass das zuvor abgefeuerte Projektil, das in ihm stecken geblieben war, auf den Boden kullerte. Carla hob das leicht deformierte Geschoss auf, steckte es in ihre Brusttasche und legte die Axt beiseite.

Dr. Pohl zitterte am ganzen Körper, da er offensichtlich wieder Schwierigkeiten mit der Atmung hatte. Carla riss ihm erneut das Tape vom Mund. Dr. Pohl japste und spuckte wie zuvor.

„An wieviel hatten Sie denn gedacht, Herr Doktor?"

„Danke, dass Sie vernünftig werden. Nennen Sie mir Ihre Summe und Sie bekommen das Geld. Bargeld, Aktien, Gold oder auf ein Schweizer Nummernkonto. Wie Sie wollen. Nennen Sie mir Ihren Preis. Bitte!"

„Wissen Sie was Loyalität ist, Herr Doktor?"

„Was hat das damit zu tun?"

„Meine Auftraggeber schätzen Loyalität über alles. Wenn ich Ihr Geld nehmen würde, wäre ich zutiefst illoyal. Und meine Auftraggeber wären zutiefst enttäuscht. Verstehen Sie das, Herr Doktor?"

„Loyalität. Ja. Loyalität ist wichtig. Aber denken Sie doch an das Geld, das ich Ihnen geben kann."

„Spüren Sie eigentlich noch Ihre Hände?"

„Nein, was haben denn jetzt meine Hände damit zu tun?"

„Viel, Herr Doktor."

Carla hatte eben einen großen Zimmermannsnagel aus dem Rucksack geholt und drückte nun mit der Spitze des Nagels auf die Mitte der rechten Handfläche von Dr. Pohl.

„Nein! Nein! Das dürfen Sie nicht tun!"

Carla ergriff die Axt und schlug damit kraftvoll auf den Nagel. Dr. Pohl spürte zwar keinen Schmerz, stieß aber einen kurzen Schrei aus. Auch den zweiten Nagel in der anderen Hand spürte er nicht. Auch nicht den dritten.

„Einen habe ich noch, Herr Doktor. Leider hatte ich kein Seil mehr übrig, um auch Ihr zweites Bein abzubinden. Das wird jetzt wohl etwas wehtun."

Dr. Pohl legte den Kopf zurück und wartete auf den nächsten Schlag mit der Axt.

„Herr Doktor, ich bin doch kein Unmensch."

Etwas Erleichterung huschte über das blutige Gesicht von Dr. Pohl. Carla riss erneut Tape von der Rolle. Dieses Mal waren es zwei längere Streifen als vorher für Mund und Nase. Nach knapp drei Minuten hörte Dr. Pohl auf zu zittern.

Blutiger Bayerischer Wald!

Carla nahm ihr Stiefelmesser und zerschnitt die Tüte auf Fiona Reichmanns Kopf. Sie nahm ihr Smartphone aus dem Rucksack und machte ungefähr dreißig Aufnahmen ihrer nun vollendeten Arbeit. Kurz durchsuchte sie die Hütte nach Wertsachen. Außer einer Rolex, wenigen Schmuckstücken und ein paar Tausend Euro an Bargeld erschien Carla nichts weiter Mitnehmens wert. Sie verteilte den Inhalt einer mitgebrachten Benzinflasche über und neben den beiden Leichen und entzündete den Brandbeschleuniger mit einem Streichholz. Sofort stand der Raum in Flammen.

Carla blickte kurz zufrieden auf die brennende Jagdhütte, als sie die Teile ihres nun wieder zerlegten Gewehrs im Rucksack verstaute. Mit zügigen Schritten, aber ohne Hast, legte sie den Weg bis zu ihrem Mountainbike zurück. Zwanzig Minuten später saß sie am Steuer des Bullys und folgte der Staatsstraße in Richtung Norden. Kurz vor Cham legte Carla eine kurze Pause ein. Sie schickte etwa dreißig Fotos per WhatsApp an ihre Auftraggeber. Carla konnte davon ausgehen, dass in ihrem toten Briefkasten in München zusätzlich eine Prämie auf sie warten würde.

Mein Brustkorb schmerzt wieder. Die gebrochenen Rippen sind natürlich noch nicht verheilt. Der Druck im Kopf kommt erneut zurück. Das Medikament lässt offensichtlich in seiner schmerzlindernden Wirkung nach.

„Sag nix, Michl!", beschwört mich Sabine Leitner.

„I hob nix Unrechts ned do", presse ich leise heraus.

„Du bist no gar ned wieda fit", versucht meine Kollegin mich weiter von ihrem Ratschlag zu überzeugen.

„Sabine, mia werd scho nix passiern", antworte ich ihr noch, als die Tür zum Vernehmungsraum aufgerissen wird.

Kriminaldirektor Matthias Kreitinger stürmt zusammen mit Polizeioberrat Karl Hacker vom Inneren Dienst und Oberstaatsanwältin Lena von Hofeditz herein.

„Sie können jetzt gehen, Kollegin!", herrscht der Leiter der Straubinger Mordkommission seine Untergebene an.

Kriminaloberkommissarin Leitner schließt die Tür. Kriminaldirektor Kreitinger kommt danach sofort zur Sache.

„Kollege Schedlbauer, Sie verstehen hoffentlich, dass die Öffentlichkeit ein Recht darauf hat zu erfahren, warum ein angetrunkener Kriminalbeamter einen Menschen niederschießt", führt er in seinem breiten Amtsbayerisch aus.

Ich versuche ihm ruhig und konzentriert zuzuhören.

„Die gegen Sie eingeleiteten Ermittlungen werden durch den Inneren Dienst geführt wie gegen jeden anderen auch. Einem Vertuschungsvorwurf dürfen wir uns erst gar nicht aussetzen, auch wenn die Medien schon wieder einen Skandal bei der Polizei gewittert haben wollen."

Mit seinem Zeigefinger deutet er auf die vier Zeitungen, die jetzt auf dem Tisch ausgebreitet liegen.

---

[3] Nominiert für den Ralf-Bender-Krimipreis 2017, veröffentlicht in der Anthologie „Doudnsuppn" (Alexander Frimberger / Lothar Wandtner, HePeLo Verlag Edition Golbet, ISBN 978-3-943926163).

„Todesschüsse auf dem Kaitersberg – Kriminalkommissar schweigt weiter zum Tathergang" hat es gestern als Überschrift eines Artikels sogar auf die Titelseite der seriösen Passauer Neuen Presse geschafft.

Ich habe keines der Blätter bisher gelesen. Warum auch? Ich war ja selbst dabei.

„Herr Schedlbauer, ich denke, Sie kennen das Procedere", wird nun Oberstaatsanwältin von Hofeditz amtlich.

„Wir werden ihre Aussagen auf Band aufnehmen. Sie wollen doch aussagen?"

„Kriminalkommissar Schedlbauer, Frau Oberstaatsanwältin", entgegne ich, ohne belehrend wirken zu wollen.

„Wie bitte? Ich verstehe nicht ganz. Sie müssen lauter sprechen."

„Ich bin doch immer noch Kriminalkommissar, oder?"

„Ach so. Ja. Natürlich. Auch für Sie gilt selbstredend die Unschuldsvermutung, Herr Kriminalkommissar."

„Können wir jetzt anfangen?"

Kriminaldirektor Kreitinger wird langsam ungeduldig und fingert an der Tastatur des Aufnahmegeräts herum.

Ich nicke nun zustimmend.

„Also gut. Vernehmung von Kriminalkommissar Michael Schedlbauer. Anwesend sind: Polizeioberrat Hacker, Innerer Dienst Polizeipräsidium Straubing, Kriminaldirektor Kreitinger, Kripo Straubing, sowie Oberstaatsanwältin von Hofeditz, Staatsanwaltschaft Deggendorf. Beginn der Vernehmung: 14:10 Uhr", spricht Polizeioberrat Hacker, der die Vernehmung ab jetzt leitet, als Erstes auf das Band.

Zwei Wochen vorher:

„Am Arber obn schneibds scho gscheid", stellt Rosie fest, die Bedienung in der Holzhauerklause, als sie mir die nächste Halbe serviert.

„Des kann scho sei. Da Wetterbericht sogd scho an ganzn Dog iba, dass no schneibn soi", antworte ich.

„Mia is des wuaschd. I hob scho Windareifn draaf aaf meim Auto. Wennsd in da Lam wohnsd, dann kannsd des ganze Johr iba Windareifn guad braucha."

Stell die Halbe hin und lass mir meine Ruhe, denke ich. Dabei will Rosie an diesem Samstagabend sicherlich nur nett zu mir sein. Immerhin weiß sie, dass das wahrscheinlich mein letzter Besuch in der Holzhauerklause sein wird.

Ich hatte ihr beiläufig erzählt, dass die „Sonderkommission Tessa" nach zwei Jahren aufgelöst worden ist und der Fall - wie ähnliche ungelöste Fälle - nun nur noch im Rahmen der „normalen Ermittlungsarbeit" der Kripo Straubing bearbeitet werden wird.

Was immer das auch heißen mochte.

„Heid fahrsd oba nimma, Michl. Mid vier Hoibe derfan de deine Kollegn nimma kontrolliern. Legsd dein Autoschlissl aaf de Thekn. Dann kimmst ned in Versuchung."

„Is scho recht, Rosie."

Vier Halbe sind wahrscheinlich wirklich zu viel. Als Polizist ist mir das trotz meines schon recht schweren Schädels immer noch bewusst. Wie mir von Rosie geheißen, wackle ich zum Tresen und lege meinen Schlüsselbund demonstrativ dort ab. Rosie quittiert das mit einem zufriedenen Lächeln und stürzt sich mit einem vollen Tablett ins Getümmel des Jägerstammtischs am anderen Ende der Gaststube. Wie an jedem Abend.

Seit zwei Jahren klappere ich regelmäßig die Wirtschaften des Zellertals ab, um irgendeine Spur im Mordfall Tessa aufzuschnappen. Zu Beginn bin ich als Kriminaler von den Einheimischen noch argwöhnisch beobachtet worden. Mit der Zeit nehmen sie mich jedoch immer weniger wahr. Jetzt bin ich nur noch ein Gast wie jeder andere. Aber auch diese Entwicklung hat mich bei den Ermittlungen nicht weitergebracht. Niemand hat sich so auffällig verhalten, dass ich ihn auf meine Liste der Tatverdächtigen setzen konnte. Niemand hat sich im Vertrauen an mich gewandt, um mir irgendeinen Hinweis zu geben. Täter und Motiv liegen weiter im Dunkel, auch wenn die wenigen Spuren am Tatort mit Jägern aus der Gegend in Verbindung gebracht werden könnten. Als „letzter Mohikaner" der SoKo Tessa halte ich noch die Stellung. Am kommenden Montag habe ich mich jedoch wieder in Straubing einzufinden.

Die SoKo Tessa hatte versagt. Ich hatte versagt. In meinem ersten großen Fall hatte ich als Kriminaler keinen Täter zur Strecke bringen können. Nach zwei Bier wird mir das klar. Nach dem vierten bin ich felsenfest davon überzeugt. Wahrscheinlich machen sich die Jäger am Stammtisch über mich lustig und sind deshalb so gut gelaunt.

Wer hätte es ihnen verdenken können?

„Rosie, oane bringsd ma no und dann zahle."

Mit dem Geldbeutel in der einen und einer frischen Halbe in der anderen Hand rauscht Rosie heran.

„Bleibsd beim Rudi über d' Nacht?", fragt sie.

„Scho. Bei dia is ja wieda nix frei, gell Rosie."

„Ah geh, dadsd ja eh nua dein Rausch ausschlaffa bei mia. Mehra gangad da eh ned mid dia heid Nacht", kommentiert Rosie lachend meine eindeutig zweideutige Bemerkung und gibt mir das Wechselgeld zurück.

Immer wenn ich in der Holzhauerklause „ermittle", übernachte ich in der Pension „Arber-Blick" von Rudolf Schreiner. Diese liegt nur etwa fünfhundert Meter von der Klause entfernt und ist auch mit fünf Bier oder mehr intus zu Fuß noch gut zu erreichen.

Ich wanke zum Ausgang. Draußen bleibe ich kurz stehen und blicke zum Himmel hinauf. Über dem Zellertal leuchtet der volle Mond und Tausende von Sternen funkeln am Firmament. Die Hänge des großen Arbers und des Kaitersbergs liegen dagegen unter dunklen Schneewolken. Selbst der Parkplatz der Holzhauerklause ist bereits von einer dünnen Puderzuckerschicht überzogen.

„Kollege Schedlbauer! Kollege Schedlbauer!", höre ich Kriminaldirektor Kreitinger weit entfernt rufen.

„Wenn es nicht geht, müssen Sie es sagen", flüstert eine weibliche Stimme dazu.

Ich bin weggenickt. Kriminaldirektor Kreitinger fasst mich an den Schultern und schüttelt mich. Oberstaatsanwältin von Hofeditz schaltet das Aufnahmegerät wieder ein.

Ich stolpere fast, als sich ein Jäger an mir vorbeidrängt. Keine Entschuldigung. Nur ein triumphierendes Lächeln.

„Is eh gscheida, dass d' wieda abhaust", raunzt er mir zu.

„Is eh gscheida, dass d' wieda abhaust", murmle ich noch so vor mich hin, als der Geländewagen gestartet wird.

Seine Bremslichter blenden mich.

DAH – ST 4862. Ich lese das Kennzeichen instinktiv ab. Der ist bestimmt am 4. August 1962 geboren, denke ich dabei. Achtavierzgzwoarasechzg.

8426 hatte der Zeuge ausgesagt. Das Kennzeichen war nur halb erkennbar gewesen, da eine Birne der Kennzeichenbeleuchtung ausgefallen war. T 8426. Mehr hatte er an dem Geländewagen in der Dunkelheit nicht erkennen können. Die Fahndung hatte kein verwertbares Ergebnis gebracht, da wir nicht einmal wussten, in welchem Zulassungsbezirk der Wagen gemeldet war.

„Sabine, des glaubsd du ned. I hobn. I brauch sofort a Halterermittlung. Host wos zum Schreibn, Sabine?", stammle ich aufgeregt in mein Smartphone.

Dabei ist mir völlig klar, dass Sabine der Satz: „Sabine, des glaubsd du ned", sehr bekannt vorkommen musste.

„Michl, woarsd du, wia spät es is?", kommt prompt als Antwort, aber wenigstens hat Sabine nicht gleich aufgelegt.

„Des war a Zahlendreher! Achtavierzgzwoarasechzg. Ned Vieraachzgsechsazwanzg, wia der Zeuge gsagd hod. Der is aus Dachau. Dachau – Siegfried - Theodor – 4 – 8 – 6 – 2", gebe ich durch.

„Des hod doch bestimmt Zeid bis Mondog", sind die letzten Worte von Sabine, die ich höre.

„Zefix, der haut ab!", durchzuckt es mich.

Der Autoschlüssel liegt noch auf dem Tresen. Hilflos sieht mir Rosie hinterher.

„Is eh gscheida, dass'd wieda abhaust. Des dad dir so passn!", murmle ich wieder vor mich hin, als ich meinen Golf starte und an der Staatsstraße nach Arnbruck abbiege.

Hektisch bediene ich den Hebel des Scheibenwischers. Mit jedem Höhenmeter gehen die Niederschläge mehr in Schneeregen über. Ich kann in der Dunkelheit wenig erkennen. Der rechte Scheinwerfer ist ausgefallen. Ich hätte die Birne längst wechseln sollen.

„Der glaubd, er is schlau. Oba zu schlau is ah nix", mache ich mir selbst Mut, da ich noch keine Bestätigung für meine Vermutung habe, dass der Jäger auch tatsächlich in Richtung Arnbruck gefahren ist.

„Zefix, des is ja scho arschglatt", denke ich, als ich schlittere und den Golf bergauf in einer leichten Rechtskurve gerade noch auf der Fahrbahn halten kann.

Zum Glück hat der Wagen Frontantrieb. Trotz der Sommerreifen, die ich immer noch draufhabe, komme ich noch einigermaßen gut voran. Obwohl jedes Kleinkind weiß, dass der Winter in der Arber-Region im November jederzeit hereinbrechen kann, habe ich noch keine Reifen gewechselt.

Warum auch? Ab Montag scheint in Straubing wieder die Sonne für mich.

Ich erreiche die Schneefallgrenze. Endlich sehe ich im Scheinwerferlicht die Spuren eines Geländewagens auf der Fahrbahn, die jetzt in Richtung Eck führt.

„Der Täter kehrt zum Tatort zurück", entgegne ich in der Ferne.

„Das war doch ein purer Glückstreffer. Anfängerglück, würde ich mal sagen", wirft Kriminaldirektor Kreitinger ein.

„So unterbrechen Sie doch den Kriminalkommissar nicht ständig", belehrt ihn die Oberstaatsanwältin.

Ich überquere mittlerweile den Ecker Sattel im Schneetreiben. Mond und Sterne sind hinter dunklen Schneewolken verschwunden. Der Arber-Gipfel ist bestimmt schon eingeschneit. So konzentriert wie möglich starre ich in die Nacht. Es kommt mir vor, als wäre ich auf einem Trip durch das Weltall. Jede Schneeflocke ist ein Stern. Ich versuche nicht zu blinzeln. Meine Augen brennen.

Wo ist er? Ich habe gar nicht bemerkt, dass vor mir auf der verschneiten Fahrbahn keine Reifenspur mehr verläuft.

Habe ich mir das alles nur eingebildet? Waren es vier Bier oder fünf? Ich muss umdrehen! In einer Einfahrt wende ich. Mit durchdrehenden Rädern nehme ich wieder Fahrt auf. Von einem Schneepflug noch keine Spur heute Nacht.

Vorne rechts liegt der Parkplatz unterhalb des Berggasthofs Eck. Im Winter parken hier die Skilangläufer, die in die bekannte Auerhahn-Höhenloipe einsteigen wollen. Wenn ich jetzt die Staatsstraße verlasse, bleibe ich möglicherweise im Schnee stecken.

Treffer!

Hier hat er sich versteckt, um mich vorbeizulassen, deute ich die Spuren im Schnee. Er weiß also, dass ich an ihm dran bin. Ohne anzuhalten, folge ich ab dem Parkplatz wieder der Spur seines Geländewagens. Auf dem Ecker Sattel passiere ich erneut den unbeleuchteten Gasthof.

Wie ich es mir gedacht habe! Die Spur führt jetzt nach rechts auf den großen Parkplatz unterhalb des Skilifts. Ich schalte meine Fahrzeugbeleuchtung aus und rolle langsam bis zum Kiosk, der im Winter als Schneebar betrieben wird.

„Sabine, i brauch Verstärkung!"

„Des is de Mailbox vo da Leitna Sabine. I bin ned do oda geh ned dro. Wenn's pfeifd, sagsd wasd magsd", kommt als einzige Antwort.

„Sabine, i hobn. I kann ned wartn. Schick Kollegn zum Parkplatz am Eck. Da stehd sei Geländewong", spreche ich meiner Kollegin auf das Band.

„Sie hätten warten müssen, bis die Verstärkung eingetroffen wäre. Keine Alleingänge! Erste Stunde Polizeieinsatztaktik", höre ich Kriminaldirektor Kreitinger wettern.

Der Bierdunst lässt nach. Das Adrenalin hält mich wach, obwohl es schon weit nach Mitternacht sein muss. Ich deaktiviere die Innenbeleuchtung meines Golfs, bevor ich aussteige. Die Weste liegt im Kofferraum. Ich ziehe sie über meinen Pullover. Ich schließe den Reißverschluss meiner Daunenjacke bis zum Kinn und stülpe mir meine Skimütze über den Schädel. Jetzt zittere ich wenigstens nicht mehr vor Kälte. Trotzdem fallen mir drei der Patronen in den Schnee, die ich aus der Munitionsschachtel fingere und ins Magazin drücken will. Kaltes Metall. Ich umklammere den Griff meiner Pistole und lade sie durch. Und lege sie zurück ins Handschuhfach, aus dem ich sie herausgeholt habe.

„Da wäre alles noch gut ausgegangen."

„Herr Kreitinger, jetzt lassen Sie den Kommissar Schedlbauer doch einfach weitererzählen", erbost sich nun Polizeioberrat Hacker über Kreitingers Einwürfe.

Ich atme tief durch und nähere mich vorsichtig dem Geländewagen, der sich an den Holzschuppen anzuschmiegen scheint, in dem die Pistenraupe abgestellt ist. Niemand zu sehen. Nichts zu hören. Ich lege meine Hand auf die warme Motorhaube. Durch die beschlagene Seitenscheibe hindurch kann ich im Innenraum des Geländewagens kaum etwas erkennen. Es ist zu dunkel. Die Schneewolken haben den Mond als einzige Lichtquelle ausgeschaltet. Ich ziehe den Türgriff. Nicht verschlossen! Vorsichtig öffne ich die Fahrertür. Wärme entweicht dem Fahrgastraum.

„Du kimmsd ma ned aus", denke ich und reiße an allen Kabeln, die unten aus dem Armaturenbrett herausragen.

Das dicke muss für die Zündung sein, hoffe ich. Mein Sachverstand, was Automobiltechnik angeht, ist nicht allzu sehr ausgeprägt. Mehr kann ich nicht machen.

Mir kann es nicht um die Belohnung von dreizehn Tausend Euro gehen, die mittlerweile für die Ergreifung des Täters ausgesetzt sind. Es ist mein Job als Kriminaler, Täter zu fassen.

Dreizehn Tausend Euro. Eine Menge Geld.

Und doch zu wenig. Kein einziger zielführender Hinweis. Die SoKo Tessa tappt im Dunkeln, weil die Belohnung weder einen Mitwisser zum Verrat reizt noch das Gedächtnis eines Zeugen aufzufrischen vermag?

„Kann ich einen Schluck Wasser haben?", frage ich, auch um Zeit für meine Gedanken zu finden.

Wortlos schiebt mir Kriminaldirektor Kreitinger eine kleine Plastikflasche rüber. Ein zischendes Geräusch ertönt, als ich die Verschlusskappe aufdrehe.

Die Abdrücke der schweren Bergstiefel sind nun gut zu erkennen. Es geht bergauf. Ich kenne die Strecke. Glaube, sie sogar gut zu kennen. In den letzten beiden Jahren war ich bestimmt hunderte Male hier oben.

Der Weg folgt der Ausschilderung des Goldsteigs. Eines Premium-Wanderwegs über den Bergrücken des Kaitersbergs. Vorbei am Großen Riedelstein zur Kötztinger Hütte.

Nicht weit davon, oberhalb des Steinbühler Gesenkes, war der Fundort. Tessas übel zugerichteter Körper lag

scheinbar friedlich in der Frühlingssonne zwischen Schnee-
resten, welche die Aprilsonne noch nicht gefressen hatte.

Eine Beziehungstat, meinte die Polizeipsychologin. Emo-
tionen waren im Spiel. Wer trennt schon Gliedmaßen ab
und legt sie neben einen Wanderweg?

Neben einen Premium-Wanderweg wie den Goldsteig?

Beinahe wäre ich hingefallen. Meine Trekkingschuhe sind
zwar geländegängig, aufpassen, wo ich hintrete, muss ich
aber trotzdem. Ich greife sicherheitshalber in meine rechte
Jackentasche. Die Pistole ist noch da. Kaltes Metall.

Ich horche. Die Nacht hat heute nur wenige Geräusche.
Ich höre meine pulsierende Schlagader.

Ab der Kapelle ist der markierte Weg nicht mehr so steil,
verlässt aber die Forststraße und führt nun über Stock und
Stein.

„Zefix! Koa Netz!", denke ich und nun ist Sabine uner-
reichbar für mich.

„Sie hätten spätestens jetzt umdrehen müssen", murmelt
Kriminaldirektor Kreitinger.

Zwei Bier. Drei der fünf müssen schon verflogen sein.
Oder ist es die frische Nachtluft?

Trotzdem bin ich nicht draufgekommen.

Seine Schrittlänge entspricht ungefähr der meinen. Ich
trete in seine Fußstapfen und komme gut voran. Das Waldschmidt-Denkmal und die Schutzhütte am Großen Riedelstein lasse ich rechts liegen. Ich schaue nicht auf die Uhr. Es
muss aber schon so um drei Uhr rum sein. Es geht ab sofort leicht bergab in Richtung Rauchröhren.

Noch ein Bier belastet mein Gehirn. Plötzlich ist auch
dieses letzte weg. Ich bleibe stehen. Ein Gedanke war in
meinem Kopf gekreist. Und gekreist. Und gekreist.

Endlich ist er zum Stehen gekommen!

„Er weiß also, dass ich an ihm dran bin", hieß dieser Gedanke, ohne dass ich dessen Bedeutung bemessen habe.

Eine Falle! Ich würde mir an seiner Stelle eine Falle stellen. Endlich komme ich drauf. Muss mich vorbereiten. Wie vorbereiten? Ich bin ein Straubinger Stadtmensch. Er ist ein Jäger. Die Natur ist sein Freund, nicht meiner. Was kann ich tun? Auf der Hut sein. Diese Schlussfolgerung begleitet mich die nächste Viertelstunde auf meinem Weg durch den dunklen Wald, seinem Freund.

Plötzlich halte ich inne. Seine Spuren sind nicht mehr da! Ich weiß gar nicht wie lange schon. In Gedanken versunken bin ich dem Goldsteig gefolgt, den ich schon so gut zu kennen glaube. Wo ist er hin? Ich drehe um und verfolge meine eigene Spur im Schnee. Der Schneefall hat zugenommen. Dicke Flocken gleiten nahezu lautlos zu Boden.

Ich hole mein Smartphone aus der Jackentasche. Ein Balken Empfang!

„Des is de Mailbox vo da Leitna Sabine. I bin ned do oda geh ned dro. Wenn's pfeifd, sagsd wasd magsd", tönt es wieder aus dem Gerät, nachdem ich die Wahlwiederholungstaste gedrückt habe.

„Sabine, i bin aaf dem Goldsteig, kurz vor de Rauchröhrn. I hobn verlorn. Do is koa Spua mehr vo eam", spreche ich nach dem Pfeifton auf Sabines Mailbox.

Ich merke nicht sofort, dass diese plötzlich antwortet.

„Michl, lass guad sein. Geh einfach am Mondog zum Psychologn. So wia des da Kreitinger dir gsagd hod. Und jetzd lass mi endlich schlaffa. Michl, I kann nimma", höre ich Sabine flehen.

Bevor ich etwas erwidern kann, hat sie bereits aufgelegt.

„I brauch koan Psychologn!", gebe ich mir selbst trotzig zu Protokoll und stapfe weiter tapfer durch den Schnee.

Ich atme tief durch und nehme einen weiteren Schluck aus der Wasserflasche. Kriminaldirektor Kreitinger gibt allerdings dieses Mal keinen Kommentar ab, anders als ich es erwartet hätte.

Kurz verliere ich in der Dunkelheit meine eigene Spur, drehe mich im Kreis und verfolge nun hochkonzentriert Fußabdruck um Fußabdruck. Was mir jetzt, Gott sei Dank, wieder gut gelingt.

Der Mensch ist in der Lage, durch Ausschalten eines Sinnesorgans die Leistung eines anderen Sinnesorgans beträchtlich zu erhöhen. Besonders extrem kann man diesen Effekt beim Gehör von Blinden nachweisen, die dies aber gezwungenermaßen tun.

Meine Augen sehen jetzt besser, deshalb habe ich ihn wahrscheinlich nicht gehört.

„Schedlbauer, du armer Deife. Bei dem Sauweda muassd du in da Nacht umeinanda renna. In da Hoizhauaklausn hädsd jetz a warme Stubn und kanndsd in Ruah dei Bier dringa. Oba du hörsd ja ned aaf mi."

„Genau des is mei Problem. I hör ned", antworte ich.

In der Dunkelheit erkenne ich ihn, der weiß, wer ich bin, dessen Namen mir jedoch nicht bekannt ist. Die Mündung seines Jagdgewehrs zeigt grob in meine Richtung.

„Paul Streitberger, Geschäftsmann aus Dachau", wirft Kriminaldirektor Kreitinger jetzt einen Namen ein, der für mich noch keine Bedeutung erlangt hat.

Zwischen kleinen, verschneiten Fichten kauert eine Gruppe Menschen. Dunkle Hautfarbe. Ich sehe nicht, wie viele es sind. Sie haben aber offensichtlich große Angst.

Vor mir? Ich habe keine Angst. Ich sehe Tessas geschundenen Körper vor mir. Ich habe ihren Mörder gestellt. Endlich!

Kaltes Metall! Ich halte die Pistole in meiner Hand. Noch habe ich mehrere Möglichkeiten. Noch befindet sich die Hand in meiner rechten Jackentasche. Noch.

„Du woasd, dass I di ned geh lassn kann?", höre ich ihn sagen.

„I kann di ah ned geh lassn. Also dua dei Gwahr weg", entgegne ich.

Es hört auf zu schneien. Ein starker Wind weht über den Kaitersberg. Die dunklen Menschen harren geduckt aus, unfähig die Szene zu begreifen.

„Des gehd ned. Da hängd zfui dran."

„Warum hod Tessa sterbn miassn? Oder war des a Ablenkungsmanöver für deine Gschäfde?", versuche ich das Gespräch am Laufen zu halten.

„I hob mid dem Viech nix zum doa ghabd. Des gehd mi nix an", antwortet er.

Mit dem Viech nichts zu tun? Selbst jetzt, wo ich ihn in der Nähe des Tatorts gestellt habe, übernimmt er keine Verantwortung für seine grausame Tat? Wut steigt in mir auf. Die Hand verlässt meine Jackentasche. Er zieht den Schaft des Gewehrs an seine Schulter heran.

„Sie hatten keinerlei Beweise, Kollege Schedlbauer!"

Ich wische den Einwand von Kriminaldirektor Kreitinger einfach weg und drücke ab. Gleichzeitig blicke ich in einen hellen Blitz, der mich sogleich fällt.

Mein Brustkorb schmerzt. Auf dem Rücken liegend wache ich auf. Eine mehrere Zentimeter dicke Schneeschicht bedeckt meinen Körper. Ich schüttle den Schnee ab, versuche aufzustehen. Taste meinen Oberkörper ab. Meine Jacke hat ein Loch. Die Weste hat mein Leben gerettet.

Ich untersuche den anderen Schneehaufen. Sein Inhalt ist schon kalt. Von den dunklen Menschen keine Spur. Lange laufe ich durch den Wald und finde sie nicht wieder.

Über dem Kaitersberg leuchtet wieder der Vollmond, als ich meinen Wagen erreiche. Die Kollegen nehmen mich in Empfang. Ein Arzt untersucht meine äußeren Verletzungen. Ich sehe bald in der Ferne Blaulichter, als das Beruhigungsmittel anfängt zu wirken.

Entspannt lehne ich am Waldschmidt-Denkmal und genieße die Frühlingssonne. Dem Empfangsgerät entweicht ein leises, regelmäßiges Knacken. Tessas Kinder müssen irgendwo hier in der Nähe sein. Jacko, Tessas Sohn, ist mit einem Senderhalsband ausgestattet. So kann ich seine Bewegungen verfolgen. Das Steinbühler Gesenke ist sein Revier. Hier kann ich ihn beschützen, wenn ich schon für seine Mutter nichts habe tun können.

Als Kriminaler habe ich versagt.

Der Richter hat mich freigesprochen. Notwehr!

Paul Streitberger war der Kopf einer Schleuserbande. Eine Beteiligung an der Tötung des Luchsweibchens Tessa konnte ihm aber nicht nachgewiesen werden. Im Zellertal läuft also ein Mörder weiter frei herum. So sehe ich das.

Nie wieder kaltes Metall. Wegen Dienstunfähigkeit bin ich aus dem Polizeidienst entlassen worden. Nun folge ich Tessas Ruf, der mich immer wieder auf den Kaitersberg geführt hat.

Ob ich ein guter Ranger werde, bleibt abzuwarten.

Ich bin es Tessa aber schuldig!

Beherzt stach Karl Pointinger mit dem Messer zu. Ein scharlachroter Strahl ergoss sich in die weiße Schüssel. „Riah, Soferl! Riah! Dann griang ma a scheene Bluadwuaschd. Derfst ned zum Riahn aafhern", feuerte er die elfjährige Sofie Brandner an, die jetzt gleichmäßig mit dem Holzlöffel rührte, damit das Schweineblut in der Emailschüssel nicht gerinnen konnte.

Eine halbe Stunde später hing die tote Sau kopfüber am Stadeltor des Brandnerhofes. Der Hausmetzger Karl hatte sie schon feinsäuberlich ausgenommen und begann nun damit, sie mit einem Beil in zwei Hälften zu zerteilen.

„Pfui Deife, stinkt des!", beschwerte sich der achtjährige Josef Brandner, der seinem Onkel Matthias beim Auswaschen der Därme zur Hand gehen musste.

„Seppe, do kimmd nochher des Braat eine. Wenn de Darm ganz sauber san, dann stinkt do nix mehr. Des derfst ma glaubm. Des gibt a richtig guade Wuaschd. Da Metzger-Kare is a Hund aaf dem Gebiet. Do mochd eahm so schneij koana wos via."

Und Polizeiobermeister Matthias Brandner sollte wieder einmal Recht behalten. Gegen Neun Uhr abends schwammen bereits leckere Blut- und Leberwürste in dem Waschkessel, der dampfend auf der Hofgrehd stand.

„Losts es eich schmegga", wünschte Margarete Brandner und legte ihren Gästen je eine Blutwurst, eine Leberwurst und ein großes Stück Kesselfleisch auf den Teller.

„Des war oba a scheene foasde Sau. Des Kesslfleisch schmeggd wieda richtig guad, Gretl", stellte Johann Praxl, ihr

---

[4] Nominiert für den Ralf-Bender-Krimipreis 2015, dabei ausgezeichnet mit dem Sonderpreis für die witzigste Idee, veröffentlicht in der Anthologie „Boandlkramer" (Alexander Frimberger / Lothar Wandtner, HePeLo Verlag Edition Golbet, ISBN 978-3-943926101).

Nachbar, anerkennend fest und dabei lief ihm der Fleischsaft über seine beiden Mundwinkel hinunter.

„Ongl Hias! Ongl Hias! Du moust kemma. Ongl Hias! Ongl Hias! Schneij! Du moust kemma!", unterbrach plötzlich eine aufgeregte Jungenstimme das kleine Schlachtfest auf dem Brandnerhof.

„Bene, wos is denn? Wos is denn lous?", nahm Matthias Brandner seinen Neffen Benedikt in Empfang.

„Du moust sofort kemma! Da Fleischmann Franze is doud. Du moust sofort kemma!", japste Benedikt völlig außer Atem, da er anscheinend die drei Kilometer von Patersdorf bis zum Hof seiner Eltern gelaufen war.

„Wos? Da Bräu-Franze is doud?"

„Ja, doud! Aafgspießd vo am Heiheinzn! Obgstiazd beim Fensterln is er."

Abgestürzt beim Fensterln. Polizeiobermeister Matthias Brandner konnte sich ein Schmunzeln nicht verkneifen, trank seine Maß Bier auf Ex aus und suchte nach seiner Uniformjacke, die er irgendwo in der Küche abgelegt hatte.

„Franze! Franze! Franze!", schrie Magdalena Leidl mit immer heiserer werdender Stimme auch noch, als man den Leichnam ihres Liebhabers längst abtransportiert hatte.

Franz Fleischmann war anscheinend rückwärts aus dem Fenster im zweiten Stock des Heindlhofes, wo sie ihre Dienstbotenkammer hatte, geklettert und – statt die angelehnte Leiter wieder zu nutzen – in die Tiefe gestürzt und von einem Heuheinzen aufgespießt worden, der sich in seine Brust gebohrt hatte. Mit eisiger Miene stand Bartholomäus Fleischmann, der Fleischmann-Bräu, dabei wie drei seiner Knechte den Heuheinzen zersägten und den Leichnam seines Sohnes bargen, um ihn zunächst in den Kühlraum seines Gasthauses zu bringen. Die halbe Patersdorfer Nachbarschaft hatte sich auf dem Heindlhof versammelt und im Halbkreis um die gespenstische Szene aufgestellt, die nur durch den leuchtenden

Vollmond und einige schwach flackernde Karbidlampen erhellt wurde.

„Bringdsn ins Wirtshaus!", befahl der Bräu seinen Knechten und wie auf ein geheimes Zeichen teilte sich nun die schaulustige Menge, um ein Spalier für den stummen Leichenzug zu bilden.

Einige Menschen folgten dem Karren mit dem zugedeckten Wirtssohn darauf sogar bis zum Gasthaus.

„Du Schlampn, du billige! Segsd, wosd ogricht hosd?", brüllte Bartholomäus Fleischmann in der Kammer von Lena Leidl und schlug ihr mit der flachen Hand abwechselnd links und rechts ins Gesicht.

„He Bartl, beruhig de! De Lena kann nix dafia. Do kean owei no zwoa dazou", versuchte der Heindlbauer den vor Wut schnaubenden Eindringling etwas zu besänftigen.

„Meij Franze is doud! Meij oanziga Bou! Und des Mensch is schuid. Mit ihre foischn Augn hods eahm an Kopf vodrahd."

Bartholomäus Fleischmann konnte sich kaum beruhigen.

„Zefix, is des koid!", dachte Franz Fleischmann und zitterte innerlich.

Er lag auf einem Metalltisch im Kühlraum der väterlichen Gastwirtschaft „Zum Bräu" und war nur mit einer dünnen Decke bis zum Kinn zugedeckt. Im Liegen blickte er an die gegenüberliegende Wand und musterte die tote Wildsau, die dort noch ein paar Tage abhängen musste, bevor ihr Fleisch die Speisekarte des „Bräu" um eine beliebte Spezialität bereichern konnte.

„A so a Schmarrn! Di kann doch goaned fruisn."

„Ha! - Wer bistn du?"

Vor Schreck sprang Franz Fleischmann auf und drehte sich in die Richtung, aus der die tiefe Stimme gekommen war.

Plötzlich erstarrte er in seiner Bewegung und schwenkte seinen Körper ganz langsam - wie in Zeitlupe - wieder zurück, um auf den Metalltisch und in die Richtung der toten Wildsau schauen zu können.

Im Aufspringen war ihm nämlich aufgefallen, dass sein Körper nicht mit aufgesprungen war. Verwundert betrachtete er seinen Leichnam, der immer noch auf dem Metalltisch lag und zugedeckt war. Franz drehte sich wieder um und blickte in das faltige Gesicht einer hageren Gestalt.

„Wer bistn Du?", wiederholte er seine Frage.

„Is des a Quiz, oda wos? Da Boandlkramer bin I, des segsd doch", antwortete die hagere Gestalt in der Ecke des Kühlraums und stopfte sich seelenruhig seine Pfeife.

„Da Boandlkramer?"

„Ja, da Boandlkramer. Du bist ja a richtiga Schneijspanner! Wer soij I denn sonst seij? Du bist beim Fensterln vo a Loitern obagfoin und vo an Heiheinzn aafgspießd woan. Da kimmd doch woi nua da Boandlkramer in Frage, oda? Mid da Regentalbahn kimmsd jednfoijs ned ins Jenseits. Do mousd scho mid mia vorlieb nemma, wenn's recht is."

„Und wer hand de zwoa do neba dia?"

„Geh Franze, Du kennsd me doch. I bin's, de Fischer Fannerl", antwortete die alte Frau links neben dem Tod.

„Du bist doch ned de Fischer Fannerl. De is doch voa zwoa Dog gstorbn."

„He, moinsd Du vielleicht, I fahr jedn Doudn in ana Extratour. Do mousd scho mid ana Fahrgemeinschaft vorlieb nemma, wenn's dem Herrn Jungbräu nix ausmacht. Und dea do is da Hastreiter Girgl, dea fohrd ah mid. Und aaf oan Passagier meijssma no woadn, dea is no ned gstorbn. Host jetzd kapiert, Franze?"

Jetzt verstand Franz Fleischmann endlich. Er war tot. Sein Leichnam lag im Kühlhaus. Zusammen mit einer toten Wildsau an der Wand. Und der Tod war gerade im Begriff, seine nächste Fuhre zusammenzustellen. Mit ihm, Franziska Fischer, seiner Nachbarin, die vor zwei Tagen im Alter von 94 Jahren friedlich eingeschlafen war und einem gewissen Georg Hastreiter aus Teisnach, den er nicht näher kannte und von dem er nur gehört hatte, dass er am Vortag von seinem Pferd mit einem Huftritt gegen den Kopf ins Jenseits befördert worden war. Offensichtlich fehlte noch eine weitere Person. Plötzlich öffnete sich die Kühlhaustür.

„Is mia schlecht. Wenn I des gwissd hed, dann war I liaba ganga, ais mid dia aaf deina Kreidler midzfohrn. Oba I hob ja unbedingd mid miassn. I hob sogar a Hoibe hoibad steh lossn wega dia", beschwerte sich der Landarzt Dr. Xaver Weickl, der mit Matthias Brandner und dessen Gehilfen Polizeiwachtmeister Josef Veit hereinkam.

„Hod ja sei miassn. Da Franze brauchd an Doudnscheij, sinst grobdn der Herr Pfarrer ned eij. So einfach is des. Und wenn's koa Auto ned daleid, dann fohr ma hoid midm Moped zum Dienst", murmelte Polizeiobermeister Brandner in seinen roten Vollbart.

„I hob natierle gleij in Veijda ogruaffa. Se ham gfrogd, ob ma mia de Griminaler aus Straubing brauchan. I hob gsogd, dass mas ned brauchan, was ja nua a Unfoi war", machte sich jetzt Josef Veit mit seiner Meldung wichtig.

„Is scho guad, Sepp. Is ja vielleicht nua a Unfoi. Da Dogda sogd uns des gleij ganz genau, wenn er an Franze ohgschaud und den Doudnscheij aasgsteijd hod."

„Des war bestimmd a Unfoi. Todesursache Unfoi schreib I eine in den Doudnscheij", stellte der Landarzt fest, nachdem er sich kurz über den Kopf des Leichnams gebeugt und dann die tiefe Fleischwunde in der Brust des Toten in Augenschein genommen hatte.

„Wia hosd jetzt des so schneij gwissd, Xare?", fragte Josef Veit etwas verdutzt und kratzte sich an seinem kahlen Schädel.

„Des is doch klar. Riach amoi, wos der Franze fia a Fahna hod. Der war bsuffa, woid in seim Rausch fensterln und is obgstiazd, weil er se nimma richtig eihoidn hod kinna", erklärte Dr. Weickl mit schwerer Zunge.

Wie zum Nachweis beugten sich jetzt Matthias Brandner und Josef Veit über das Gesicht des Toten und rochen an dessen Mund.

„Pfui Deife, hod dea eine Fahn. Mit dem Rausch war I ah obgstiazd", bestätigte nun Josef Veit inbrünstig.

„Guad. Dann hed ma des ah. Sepp, du ruafsd in Veijda oh und sogsd, dass wirklich a Unfoi war und mia koij Griminaler ned aus Straubing brauchan", wies Matthias Brandner seinen Kollegen an.

„Und du, Xare, schreibst eine: Todesursache Unfall", wobei er die letzten beiden Worte betont in Amtsdeutsch aussprach.

„He Xare, des stimmd ned! Des war koa Unfoi ned. I war ned bsuffa. De zwoa Zipfeklatscher spinnand doch", eiferte sich Franz Fleischmann und fuchtelte mit seinen Händen in Richtung des Landarztes, der jedoch ohne eine Reaktion das Kühlhaus zusammen mit den beiden Patersdorfer Dorfpolizisten wieder verließ.

„De kinnand di ned hearn", stellte der Tod trocken fest und blies Pfeifenrauch in die Richtung des jungen Bräu.

„Des war koa Unfoi ned. I war ned bsuffa", wiederholte Franz Fleischmann aufgebracht.

„Des is doch jetzd wuaschd. Schick di, mia fahrn gleij", antwortete der Tod, der seine Aufregung nicht verstand.

„Des is ned wuaschd! I war ned bsuffa. Der hod sei eigene Fahna grocha, der bsuffane Hamme. Unfoi! Dass I ned lach. Und de andern zwoa Deppn, de fangand ja ned amoi an Hehnadiab", konnte sich Franz kaum beruhigen.

„Endlich kimmd da Pfarrer. Dann hammas gleij. Du griagsd deij letzte Ölung und dann bagg mas", kommentierte der Boandlkramer, als Bartholomäus Fleischmann und Pfarrer Duschner das Kühlhaus betraten.

„Des hod oba lang dauerd, bis Sie do warn, Hochwürdn", stellte der Bräu in leicht vorwurfsvollem Ton fest.

„Lieber Bartholomäus, alle Schafe des Herrn brauchen Seelsorge. Die Weber Maria von Prünst ist schwer krank. Ich besuche sie regelmäßig, um ihr Trost zu geben und die Krankensalbung zu spenden. Das braucht halt seine Zeit. Als der Geiger Hans mich informiert hat, weil die Weber selbst ja kein Telefon haben, bin ich sofort losmarschiert. Bei der Dunkelheit ging das nicht schneller. Und der Franz war ja schon gleich tot. Er hätte eh nicht mehr beichten können", antwortete der Geistliche salbungsvoll.

„So schneij stiabd de Weber Mare ah ned. Oda gehsd zum Erbschleicha zu ihr, Hochwürdn?"

„Das verbitte ich mir aber jetzt. Dein Sohn Franz liegt hier tot auf dem Tisch und Du machst mir solche infamen Unterstellungen. Fleischmann! Fleischmann! Versündige Dich nicht. Dein Register ist schon lang genug. Vielleicht war das heutige Unglück auch ein Fingerzeig für Dich?"

„A so a Schmarrn! Jetzd gib mein Franze endlich de letzte Ölung, damid ma eam in d'Stubm bringa kinnand. Dann kimm I ah vielleicht am Sunnda in deij Kiacha."

Schweigend breitete der Geistliche seine liturgischen Gegenstände auf einem Stuhl neben dem Metalltisch aus und versah den Toten mit den Sterbesakramenten.

„So, jetzd kimma fohrn", sagte der Tod, nachdem der Pfarrer und der Fleischmann-Bräu wieder gegangen waren.

„Wos soij jetzd des hoissn?", fragte Franz Fleischmann überrascht.

„Ohne letzte Ölung hed I di ned midnemma kinna. Do hed I an da Pfortn Schwierigkeitn griagd mid dia. Do is da Petrus feij streng. Do drahsd gleij amoij a Ehrenrundn im Fegefeija, wennsd koa letzte Ölung hosd. Do kennt da Petrus feij nix", erklärte der Tod.

„Mia kimma jetzd ned fohrn. Des war koa Unfoi. Des war Mord. Umbrochd hammans me. I kann do jetzd ned so einfach furt. Des gehd feij ned!", erregte sich Franz wieder.

„Unfoi oda Mord. Des kann dia doch wuaschd sei. Doud is doud. Mia fahrn jetzd und damid basta!", entschied der Tod energisch.

„Do mou I oba jetzd an Franze rechtgebn", mischte sich nun der Hastreiter Georg ein.

„Hoid di du do raus, Girgl. Mia hamma ah ned gwoad, bis des Roß gschlacht woan is, des dia deij Lätschn eighaud hod, oda? Wou kammadn I do hie? Mia fohrn jetzd!"

„A so is des oiso. Aaf oamoij dads Eahm pressiern. De ganze Zeit red Er vo da Ewigkeit und jetzd hed Er ned amoij a weng a Zeit, weij Er fohrn mechd", meldete sich plötzlich auch Fannerl Fischer zu Wort.

„He! Wos is denn do lous? Mia san ma do ned bei Wer wird Millionär, wou da Jauch des Publikum frogd wias weida gehd. I sog, mia fohrn jetzd!"

„Dann bleib I do!", schaltete Georg Hastreiter auf stur.

„Und I ah!", stimmte Fannerl Fischer ihm trotzig zu.

„Is des de Meuterei aufm Boandlkramerkarrn, oda wos? Is ja scho guad. Oana feihd uns eh no. Aaf den woartma no und dann wiad oba gfohrn, habds me?", lenkte der Tod genervt ein und alle Drei nickten zustimmend, als Bartholomäus Fleischmann mit Johann Draxler, dem Totengräber von Patersdorf, dessen Frau Veronika und dem Metzger Karl Pointinger, der eine gehobelte Eichenbohle auf der Schulter trug, hereinkam.

„Richts an Franze schee hea. In a Stund kemmand de Knecht und bringand eam in d' Wirtsstubn umme", bestimmte der Bräu kurz und bündig und ging wieder.

Sogleich machte sich der Metzger an sein blutiges Werk und schnitt mit seinem scharfen Schlachtermesser das Hemd des Toten auf und riss dann die von Blut durchtränkten Fetzen von der Leiche. Auf der Brust klaffte ein Loch von etwa fünf Zentimeter Durchmesser. Dort, wo sich die Spitze des Heuheinzen durch das Herz gebohrt hatte und erst an der Wirbelsäule ihr weiteres Eindringen gestoppt wurde, hatte sich bereits eine braunrote Kruste gebildet. Grob stach Karl mit der Nähnadel in die Brusthaut und nähte das Loch mit Küchengarn zu, als ob er einen gefüllten Schweinebauch verschließen würde.

Zusammen mit dem Totengräber zog er Franz die Haferlschuhe, die Kniestrümpfe und die lederne Kniebundhose aus. Franz Fleischmann lag nun nackt auf dem Metalltisch.

„Waschzn und zuigds eam des Sunndagwand an, wia da Bräu des gsogd hod. I kimm nochhea wieda, wenn ma eam zum Aafbleibn ummedrongd", teilte sich der Metzger ungewohnt ausführlich mit und verließ das Kühlhaus.

Sofort begannen der Totengräber und seine Frau mit ihrer Arbeit.

„Habds ihr des gsehng? De hod den Zehner einfach eigsteckd. Und meij Uhr!", erregte sich Franz Fleischmann über das, was er gerade tatenlos hatte mit ansehen müssen.

Bevor Veronika Draxler nämlich angefangen hatte, den Leichnam zu waschen, durchsuchte sie routiniert die Kleidung des Toten. In einer Tasche der Lederhose fand sie einen zerknitterten Zehnmarkschein und in der anderen eine Taschenuhr mit silbernem Gehäuse. Beides ließ sie sofort unter ihrer Schürze in einer Tasche ihres Rocks verschwinden. Für Häusler, wie die Eheleute Draxler, bedeuteten solche Funde einen kleinen warmen Regen, der sie ein wenig für die unangenehme Arbeit entschädigte, die sie gerade zu verrichten hatten.

Den gesäuberten Leichnam legten sie nun auf die gehobelte Eichenbohle, aus der nach der Beerdigung ein Totenbrett angefertigt werden würde. Sie zogen ihm das weiße Hemd und den schwarzen Sonntagsanzug an und die schwarzen Lackschuhe, die er vor zwei Jahren zur Beerdigung seiner Mutter bekommen hatte. Die Hände falteten sie Franz und umwickelten sie mit einem Rosenkranz so, dass das Kreuz oben auf lag. Bevor die Knechte zum Abtransport der Leiche kamen, waren der Totengräber und seine Frau mit ihrem Teil der Arbeit schon fertig und gingen.

„Wos regsd Di denn so aaf? In da Ewigkeit brauchsd koa Uhr und ah koan Zehnmaggschein", sprach der Tod, der die Szenerie eher gelangweilt beobachtet hatte.

„I reg mi oba aaf! De Uhr hob I vo meim Daafdod greijgd. De hod oweij de richtige Zeid ozoigd. Oweij."

„Dann zoigds hoid jetzd da Draxler Vroni de richtige Zeid oh. De is eh oweij zschbäd kemma. Ihr ganz Lebn lang scho oweij zschbäd kemma", versuchte Fannerl Fischer zu beschwichtigen.

„Jetzd schlogds dreizehne! De Lena", murmelte Franz.

„Respekt, Franze! Zu dera waar I ah aafs Kammerfensta ganga", kommentierte Georg Hastreiter das Erscheinen von Magdalena Leidl und Bartholomäus Fleischmann.

Beide bekreuzigten sich und standen zunächst einige Augenblicke schweigend nebeneinander.

„I gib dia a paar Minutn und dann schleichsd di. Nochher beim Aafbleibn mecht I di ned sehng. Host mi vostandn? Wenn du ned gwen warsd, dad da Franze no leben und ned koid do liegn. Oba er hod ja unbedingd zu dia in deij Kammer miassn, du Mensch, du liadalichs."

„Mia hamm uns hoid gern ghobd."

„Das I ned lach!"

„Ja, gern ghobd hamma uns, obsdas glaubsd oda ned."

„Gern ghobd. Bräuwirtin woidsd wern, sonsd nix. Und jetzd is da Franze doud. Oiso, a paar Minutn und dann schleichsd di!"

„Und wos wiad dann aus unserm Kind?"

„Wos fiaram Kind? Du und da Franze?"

„Ja, I und da Franze. Er woid mi heiradn. Des hod er mia vosprocha", verkündete Lena in trotzigem Unterton.

„Dia moine hamm scho mehra des Heiradn vosprocha, damits drieba derft hammand iba di. Do hedsd scho längsd zwanzg Manna, wenn di olle gheirat hedn. Dass I ned lach."

„Gwieß, Bräu, gwieß. Da Franze woid mi heiradn, dass des Kind sein Nam griagd."

„Nix gibds! A paar Minutn und dann gehsd! Und dann weij I di nimma do sehng. Host mi vostandn?"

„Franze, Franze! Wos wiad denn bloß aus unserm Kind?", fing Lena Leidl plötzlich zu schluchzen an und hielt sich am Anzugärmel des aufgebahrten Toten fest.

„Nix gibds!", blieb der Bräu hart und verließ den Raum.

Sofort hörte Lena auf und rieb sich trotzig die Augen.

„Eha! Wer is nochad Er?", interessierte sich plötzlich der Tod für den nächsten Gast im Kühlraum.

„Des is da Steiner Berti, oana vo unsre Knecht", stellte Franz ihn vor.

„De andern wern a gleif kemma und mi zum Aafbleibn ummedrong in unsa Gaststubn."

„Do kannd ma se ah leicht deischn", antwortete der Tod mit einem süffisanten Grinsen im Gesicht und zog wieder genüsslich an seiner Pfeife.

„Wos moansd denn do damid?", wollte Franz wissen.

„Des werst gleif sehng, Franze."

„I hoid des nimma aus. I hed des nia doa derfa", begann Berthold Steiner mit fast weinerlicher Stimme.

„Jetzd reiß di zamm!", ermahnte ihn Lena Leidl.

„I hob dia gleif gsogd, dass des ned guad geh kann. I hoid des nimma aus."

„Jetzd reiß di zamm!", wiederholte Lena.

„Und wos hod da Bräu gsogd?"

„Der ziert se no. Oba den kriage no so weid, dass er mi mit dem Kind im Wirtshaus aafnimmd. Der braucht no aweng."

„Wos soi des hoißn? Hod er dia ned glaubd?"

„Dou di ned obe. Den griag I scho no soweid. Wenn olle mein dickn Bauch sehng und I olle sog, dass des Kind vom Franze is, dann kann er goa nimma anders, ois mi im Wirtshaus aafznemma."

„Und wenn ois aussakimmd?"

„Wos soi denn do aussakemma. Da Franze is vo da Loitern gfoin und is doud. Des wissnd olle Leid."

„Oba I hobn doch vo dera Loitern obagschiedld wia er an deim Fenster war."

„Vegln woid er mi, der dumme Deife. Oba I hobn goa ned einaloussn durch mei Fensta. Er hod nedamoi gschrian, wia er einegfoin is in den Heinzn."

„Mochd dia des goanix aus, Lena?"

„Wos soi mia des ausmocha? I will unbedingd Wirtin vom Bräu werdn. Und Du wiasd dann da Wirt, wenn da oide Bräu ah ausm Weg grammd is."

„Lena, wos sogsd du do? Den Oidn ausm Weg ramma? Spinnsd du jetzd komplett?"

„Berti, es gibd koa zruck mea. Du bist do mittn drin."

„I hoid des nimma aus! Lus! Jetzd kemmand de andern Knecht."

„Habds Ihr des gherd? Der Berti wars! Da Berti hod me umbrochd. Der hod mi vo dera Loitern gschiedld wia an Opfe vom Bahm, dass I in den Heinzn einegflong bin. Und de Matz hodn ohgstifd."

„Jetzd is ja ois klar. Dann kimma ja endlich fahrn", sagte der Tod trocken und klopfte seine Pfeife aus.

Niedergeschlagen drehte sich Franz Fleischmann zu Fannerl Fischer um und umarmte sie.

Die Knechte hatten zwischenzeitlich die Eichenbohle mit der Leiche von Franz darauf hinausgetragen.

„So dann bagg mas! Do vorn steht meij Kutschn. Mia fahrn no kurz beim Steinerhof vobei", informierte der Tod seine Fahrgäste über den weiteren Ablauf ihrer Reise ins Jenseits.

„Wos mochma denn beim Steinerhof?", fragte Franz.

„Des wersd dann scho sehng", antwortete der Tod kurz und trieb seine vier Rappen mit einem Peitschenknall an.

„Dann war des doch koa Unfoi. Dann mou I doch nomoij in Veijda oruaffa, dass ma de Griminaler vo Straubing doch brauchan", konstatierte Josef Veit, als er in der Scheune des Steinerhofes Berthold Steiner betrachtete, der an einem Heuseil vom Firstbalken baumelte.

„Ja, Sepp, des mochsd", bestätigte Matthias Brandner, der den Abschiedsbrief in der Hand hielt, den der Erhängte hinterlassen hatte.

„Oba vorher geh ma no zua Lena. Und an Doktor brauchma ah wieda. Geh schick oan umme zum Weickl Xare wegan Doudnscheij."

„Des is oba jetzd ned deij Ernst, Boandlkramer?", beschwerte sich Franz Fleischmann, nachdem Berthold Steiner neben ihm in der Kutsche Platz genommen hatte.

„I hob dia doch gsogd, dass uns no oa Passagier feihd. Jetzd kimma fahrn."

„Und wos is mit seiner letztn Ölung? Derf dea ah so mid, der Mörder, der hinterkünftige?", wollte Franz jetzt wissen und ging sogleich Berthold an die Gurgl.

„A Ruah is! Dea fohrd eh nua a kurz Stickl mid. Do dafia brauchd dea koa letzte Ölung. Da Luzifer is do ned so genau beim Einlass, wenn I eam seij Kundschaft liefer. Oda hosd du gmoind, deij Mörder kimmt in Himme?

Anmerkung

Basierend auf der Kurzgeschichte „CSI Boandlkramer" entstand in der Folgezeit das Theaterstück „SoKo Boandlkramer", eine „zeitlose bayerische Posse in 3 Akten".

Unter der Spielleitung von Alexander Frimberger und Lothar Wandtner brachte die „Stoariegl-Bühne Riedlhütte" das Stück in der Osterzeit 2017 in drei Aufführungen in der Turnhalle in Riedlhütte auf die waldlerische Theaterbühne.

2013 – Der Tod im Wald[5]

<u>Klappentext:</u>
Leben und Sterben ist ein ewiger Zyklus in der Natur. Zacharias Steidler greift als Auftragsmörder Tango regelmäßig in dieses Naturgesetz ein. Sein nächster Auftrag führt ihn nach Viechtach, der Bayerwald-Stadt seiner Schulzeit. Als er bei einem Abiturtreffen an seiner alten Schule eine ehemalige Klassenkameradin auf seinem Auftragszettel stehen hat, ist er sich nicht mehr sicher, ob er noch auf dem richtigen Weg ist.

In seinem aktuellen Krimi schickt Henry Gerhard seinen Protagonisten auf ein Roadmovie durch Raum und Zeit. Die Leichen sind dabei nur ein Vehikel auf dem Weg durch das Innenleben eines Waldlers, dem die Heimat scheinbar abhandengekommen ist.

Nach der „Wenger-Trilogie" und dem Ellwangen-Krimi „Keine Tapas an der Jagst" nun der fünfte Kriminalroman von Henry Gerhard, mit dem er dieses Mal das Waldgebirge an der bayerisch-böhmischen Grenze unter Spannung setzt.

---

[5] Bayerwald-Krimi, veröffentlicht 2013 (Henry Gerhard, Der Tod im Wald, Verlag Books on Demand, ISBN 978-3-8482-6732-3)